◎《百姓家史》系列丛书

品格

Pinge

钱永麟/著

文汇出版社

图书在版编目（CIP）数据

品格／钱永麟著. —上海：文汇出版社，2015.5
（《百姓家史》系列丛书）
ISBN 978-7-5496-1448-6

Ⅰ.①品… Ⅱ.①钱… Ⅲ.①回忆录-中国-当代
Ⅳ.①I251

中国版本图书馆CIP数据核字（2015）第066856号

品　格 《百姓家史》系列丛书）

作　　者：钱永麟
出 版 人：桂国强
责任编辑：张　涛
装帧设计：张　晋　新　华

出版发行 **文匯**出版社
　　　　　上海市威海路755号　邮政编码：200041
经　　销：全国新华书店
印刷装订：上海宝山译文印刷厂

版　　次：2015年5月第1版
印　　次：2015年5月第1次印刷
开　　本：890×1240　1/32
字　　数：110千
印　　张：5.125

ISBN　978-7-5496-1448-6
定　　价：28.00元

《百姓家史》丛书编委会

出 品 人： 王计生

策 划 人： 伊 华　汪求实

评审委员会： 叶 辛　邓伟志　熊月之　叶永烈　孙 颙
　　　　　　 赵长天　赵丽宏　秦文君　严建平　桂国强

执 行 编 辑： 吕 慈　唐幼幼

替亲人出书 为百姓立传

上海是一座历史名城，一个风云际会的地方；上海从悠远的历史深处走来，每个时期都有她凝重的历史文化积淀。

抚去历史的烟尘，多少名人精英在上海叱咤风云，留下了他们深深的足迹；多少平民百姓，生活于斯，勤勉劳作，上演了一幕幕精彩纷呈的人生戏剧。

有登场就有谢幕，有出生也就有死亡。当人生的大幕徐徐拉上，茫茫宇宙中又一个鲜活的生命匆匆而过。但是，一切并没有就此结束。逝者永恒不灭的精神，生者绵绵不绝的缅怀，一直是中华文明史祭典文化的重要内容和永恒主题。为此，福寿园人文纪念公园除了为他们提供美丽的"人生后花园"以外，十八年如一日做好人文纪念的大文章，坚持"生命传承，人文纪念"。

我们欣喜地看到，近年来，社会各界对先烈、先贤的人文纪念正在深入，上海民间对普通百姓的人文纪念也在悄然形成、成为风尚：有普通家庭的儿女，一起为做过保姆的已故母亲写传出书；有一些有心儿女把父母的音容笑貌摄录下来，并制作成"人生小电影"，让他们在百年之后依然"活"在子孙的心中；有早夭孩子的亲人撰写回忆，为"飞离人间"的天使出画册……

每一个人生都是一本书：也许很平凡很普通，也许很曲折很失败，也许很精彩很优秀……无论如何，他（她）在这世上生活过，在上海这片土地上打拼过、奋斗过，有过欢乐也有过悲伤。他们的故事，是家族世代延绵的精神财富，也是上海社会历史长卷中生动丰富的一页。有一位普通的父亲，在执笔为自己家族撰写"家史"时这样写道："让后辈们知道：自己的祖辈和父辈是怎么来到这个世界的；他们又是在怎样的境况中成长和生活的。这样不仅可以通过知晓往事，更加珍惜今日，也能够把祖、父辈的经历作为一个侧面、了解一段自己已经淡忘或者完全陌生的历史，思考一下应当深入思考的问题，这对他们以及他们后代的成长、成熟和成功，或许可以从正反两个方面，提供一些人生启迪与参考。"

正是基于这样的理念，我们要为上海普通老百姓出书立传。

缅怀先人，为他立传，留下他生命的温度，展延你记忆的脉搏。我们在发现和记录逝者生命中独特的篇章或音符。再平凡的人生也有开花的瞬间，他们不会因离去而遥远。让我们用一种更有意义、更健康、更环保的方式表达一份"孝心"。凡有令你难忘的、远去的亲友，请把他（她）的人生传记和你的感动传递给我们的读者。让你的亲人活在你的记忆文字中，活在我们为他出版的图书里，也为你的后世家族，留下珍贵的纪念。

不需要声名显赫，不需要文采斐然，不需要出钱出资……我们只需要真人、真事、真情。但凡你的亲人曾经在上海这片土地上生活和工作，但凡他（她）的故事具有纪念和启示后代的价值，都可以成为我们这个传记文库的传主！我们免费为你出书！

上海福寿园人文纪念馆

福寿园人文纪念公园

2012 年 3 月

为你的亲人立传

◎叶　辛

可能是因为我的职业原因，经常会有人问我，如果自己的父母长辈有丰富的人生阅历，他们的一生经历了很大的跌宕，他们青春时期的往事讲出来，曾经深深地感动过我们子女，现在我们也有时间，能不能把这些长辈们的亲历写出来？写这样的亲人传记，该注意一些什么？真花了很大功夫写成了，出版社会不会给我们正式出版？印成一本精美的书，听说出书都要付费给出版社，要付出多少？如果我们的书写得确实很感人，但是我们又付不出费用，我们该怎么办？

前不久，参加完一个图书馆举办的文学讲座，就有一位女士在讲座结束之后，走上来对我说，我的父亲的一生，堪称传奇，他很希望把自己经历过的丰富多彩的生活写下来，可他已经年过八十，有这个心，没这个力了。看到他多次向我们当儿女的提及这个愿望，我们都想为父亲出点力，把他的风雨人生写出来，了却他的这一夙愿。我们真把书稿写出来了，用什么办法联系出版单位啊？

每逢遇到这样的问题，我都尽自己所了解的情况，作一点介绍，并陈述一下出版部门对传记作品会有些什么要求。但是由于时间所限，我不可能详细地把一本传记作品的写作和出版过程完全讲清楚。

现在好了，《新民晚报》副刊部携手文汇出版社，与上海福寿园人文纪念馆、人文纪念研究所、福寿园人文纪念公园共同发起"替亲人出书 为百姓立传"——"福寿杯"亲人传记书稿的征稿活动。只要书稿写得好，经过上海作家协会为主的评审委员会评审通过，就会由福寿园人文纪念馆出资，出版社负责把一本本记录了生命传奇的亲人故事，印成书推向社会，介绍给广大读者；在第一辑11本书面世的同时，主办单位还会向读书界和整个社会作宣传推荐。

这真是一件大好事，对于那些想为亲人立传的朋友来说，无疑是个很好的机会。

拿起笔来吧，朋友，把你亲人一生中最难忘的往事写下来，那可能是硝烟弥漫的战场上的一段战友情，那也可能是追求拼搏之路上刻骨铭心的一段挫折，那甚至是精彩纷呈的人生中的生离死别……让读者们一起来倾听你亲人心灵的诉求，触摸你亲人灵魂深处的脉动，感悟人生的真谛。

拿起笔来吧，朋友，为你的亲人立传，为后人们留下值得珍藏的精彩人生。

2012 年 4 月 3 日

为怀念、感恩父母而作。父母是最普通的农夫村妇，在那个年代，在闭塞的穷乡僻壤，他们却有非凡的胆识、意志和毅力，用无比坚韧和吃苦耐劳的精神，造就了我们八同胞的今天，留下了这些记忆。

自 序

◎钱永麟

岁月无情，我 70 多岁了。

在我 66 岁时，为了让子媳安心上班，帮助带领出生不久的小孙女，照顾老妻健康，我婉拒了领导再次请我"出山"的盛情，完全退休了。随着小孙女长大，我闲暇渐多，常常不由自主地想，我是谁？我从哪里来？如何走到今天？老已将至，有生之年，我还能做些什么？

人的生命和品格是由往事确定的，往事是由记忆造就的，因此，把自己的往事留给自己，把记忆写下，交给亲人和子孙，不啻是人生最大的事情之一。我生命之火的辉煌早已过去，人将老去，火之熄灭，无法避免。在此之前，以我之自信，一定要完成心之所想的这件大事。

我的生养之地是无锡市郊区一个普通的农村小集镇——新

渎桥，故居在小镇东北。每当我回故土，第一想到的不是回故居老屋看望弟妹及族人,而是直奔父母的安息之地——村庄东面不远的一片桃园。带着遗憾、惭愧、负疚的心情在父母坟前肃立、默念、祈祷、祝愿，甚至忏悔、自责。如果在弟弟家中逗留时日，每天清晨或傍晚以散步为名，我都要到父母长眠处追忆，反思。否则，我的心就难以平静，晚上睡觉也不心安。囿于我婚后两地分居，居无定所，分居14年后团聚，居所十分窘迫，未能尽孝，后来我有了安居的住所,老母亲却远走了,这遗憾常常萦绕心间，挥之不去。

父母是当地农村普通的农夫村妇，养育了八个儿女，至今都健在：老大凤贞（现名晞）是大姐，81 岁；老二伯伦是哥哥，78 岁；老三凤烈是二姐，75 岁；老四是我；老五贞烈是大妹，69 岁；老六是弟弟，出生不久即病殁；老七霞烈是二妹，66 岁，她 3 岁时送人抚养，改名殷芳英，同胞骨肉之情，血浓于水，至今依然亲热无异；老八浩伦是弟弟，63 岁；老九敏烈是小妹，60 岁。八同胞感受父母的恩育，肩负父母之期望，在各自的岗位上谋生，为人民服务，都做出了成绩。老大至老五（五同胞）都有高级职称，并担负相应职务，老七至老九（三同胞）生不逢时，十年浩劫，青春耽误，未能升学深造，但在农村天地里也做出了努力：老七是乡干部，担任计生办主任，老八长期担任生产队长，老九自办缝纫店，后来成为事业单位的职工。八同胞各有特长，在各自岗位上奋斗数十年，现在都退休了，子孙绕膝，安享晚年。

　　2012 年清明节前，同胞们相聚于无锡中国饭店，祝贺老大八十寿诞。同时，大家都怀着虔诚之心到父母长眠处祭拜。我的愧疚之情油然而生。用什么来感恩、怀念父母呢？作为儿女，父母以一生不凡的精神品格教化影响而成就了我们的今天；父母百年诞辰将到，不光为纪念，更因为这是精神财富，应作为最好的遗产传承下去，留给子孙。由此，便有了本书的内容和真实故事。

目录
Contents

一　家乡、宗族

　　翻开无锡市地图，太湖之北，横亘东西走向惠山山脉的西北方向，可以找到狮子山、长腰山、大阳山这样三座不足百米高的、各自孤立而凸显在广阔农村田野上的青山。一条不足 30 米宽的新渎河，在三座山的北面，自西北向东南蜿蜒平静地流淌，这是千百年来当地子民生活的母亲河，流经狮子山的正北面，沿河两侧错落有致地布满民居，形成一个小小的集镇。在河的南面，朝向为东的约 15 间民舍与朝向为西的约 15 间民舍之间相距约 4 米，用当地大阳山产的不规则黄石铺地，每块石头大小不等，小的仅拳头大，大的与脚掌差不多，门对门的两排平房，中间就形成了不足 50 米长的乡民们公认的新渎桥街。街的北端即是新渎河的南岸，有一座全用条石砌成的石桥，即是"新渎桥"，新渎桥直通北岸，宽不足 3 米，中间跨度不足 5 米。虽为小街集镇，真正离开农田做生意、经商的人或完全离开农耕而能生活的人，几乎没有。新渎河两岸农民数百年来，过的主要还是自给自足的农耕生活。有的农家有富余劳力，又有一技之长，又有经济能力的——便在新浍桥街上或桥北沿河设法弄一两间房，或安排一个摊位：或开家油酱南货店、豆腐店，或肉摊、鱼摊，或切面摊、大饼油条摊、糖果摊，或理发铺、缝衣铺、铁匠铺、皮匠摊。这些店铺摊档几乎都是独家经营，规模最大的，便是一家两开间门面的饭馆兼茶馆了。这些为满足当地农民日常生活，小本经营的小商摊店，其主人大多还都耕种着田地。

这个纯粹的农村小集镇，在春节、端午、中秋等节日前后，小街上商品如云：如锄头、钉耙、镰刀、担桶、招耙等各种农具，锅、碗、盆、缸、盖、扫帚、簸箕等各种生活用品。此时小街上熙熙攘攘，人来人往，处处都是买卖声。然而，一过日中，小街上便空空荡荡，人气稀薄。农忙时，小街上常常冷清，少有人往来。在我幼年的记忆里，新浍小街就是这个样子。在我进安阳中学之前，一年之中也难得上几趟街。

从家到安阳中学不足一里地，跨过新浍桥，走进小街，穿行在两三尺宽的农田大道，快步走，约10分钟便到学校。早晨上学，中午回家吃饭，饭后返校上课，下午放学回家，每天往来各有两趟，路过小街，常常听到"热的大饼油条要哦"的叫卖声，"叮叮当当"的打铁声。小街小镇，在我离开新浍桥，到距家十多里外的杨市园上高中之前，模样一直未变。以桥命名的"新浍"之地，既是小集镇又是村落——有两三百户人家——既是我的故乡，也是钱氏宗族的族人们聚居生活的一个重要之地。我的故居在桥的东侧北沿河，距桥百米左右的河边，屋前是河，屋后即是农田。

我家有父亲珍藏的一套《钱氏宗谱》，父亲十分爱护，专门做了一个密封的小木箱存放。我幼时好奇，在自家楼上打开这个长、宽、高约 35×25×25 厘米的精巧木箱，翻出厚约 1.5 厘米，长、宽为 30×20 厘米的十几本由洁白宣纸单面印刷、对折后精致线装的大书，认字识得是《钱氏宗谱》。于是，便询问母亲，因她从未进学不识字，只说，那是家传的珍宝，钱家根基所在，因为祖父是族中长房，只有我们家珍藏，要好好保护，翻看时别大意弄破了。当时年少，许多地方看不明白，未及探究。后经"大跃进"、困难时期，1964 年我读完大学，分配在江苏省公安厅工作，假期探亲回家，这套族谱仍完好保存在干燥通风的楼上。据悉，族谱在整个新溇桥地区仅两套。1966 年"文化大革命"开始，"小将"们大破"四旧"，将家中所有的旧书，包括民国版商务馆印的六卷本《红楼梦》，连同这套罕见的成套《钱氏族谱》都付之一炬。后来，我回家后母亲告知此事，乃万分痛惜。浩劫之中，不由心灰意冷。一个人连自己的祖宗也无从寻找了，人生还真如游戏，一片无奈。

夜长难拒天明，倒退的历史终不久长。拨乱反正后，家乡的有识之士认识到一个宗族、家族，不尊祖宗、不敬先贤是大逆不道的，不听先祖先贤训诫教诲是会贻误子孙后代的。这样的宗族、家族是没有希望的。在新溇桥这片土地上，世世代代生于此、长于此的钱氏族人追溯过往，希望能回答"我从哪里来"这个迫切的问题。以我的族弟（同为江南钱氏 37 世孙）、中学老师钱仁锡先生为首，不辞艰难劳苦，多方联系收集考证，众多族人参与，历十多年，续修完成了浩大的《无锡新渎桥钱氏宗谱》。

江阴塘村族人钱浩震先生献出了珍藏的族谱孤本，乃是此次续写宗谱的基础。2009 年 7 月，我得到了这套宗谱的珍藏本，心情激动，十分欣慰。通过这套非常珍贵的氏族宗谱，我了解到钱氏宗族的历史，也明白了我家的渊源。加上我读初中的母校的老校长丁建华先生赠与《安阳中学校史》，让我更多地了解到我的先祖，我的家庭。所谓天时地利人和造就人，一方水土养一方人，真是不虚啊！

就广义而言，中华民族的所有宗族都是炎黄子孙，发源于黄河流域，有一个全民族都认同的祖先。就狭义而言，我的故乡新渎桥钱氏宗族追溯渊源有数千年，至今已历 121 世。

汉族之祖，少典——黄帝为第一、二世。

第 10 世篯铿封于彭城为商伯。

第 11 世因官为氏，定姓为钱，定姓之祖为钱孚。

第 52 世钱林为过江之祖，离开黄河流域，开始在长江流域繁衍生息。

第 59 世钱让为江东之祖，开始进入江南生活。

第 71 世钱智昌，下宅之祖。

第 81 世钱镠为江东吴越钱氏之祖，被公认为江南钱氏宗族第一世，为江南钱氏宗族之祖。钱镠，字具美，浙江临安人，生于唐宣宗大中六年（852），卒于唐明宗长兴三年（932）。

钱镠"幼年志攻文墨"，"练武经文，以清世难"。奉朝请拜为镇海节度使，被封为"越王"、"吴王"、"吴越国王"，谥曰"武肃王"。

武肃王留下1000字遗训和2505字戒语，主旨是："心存忠孝"；"爱兵恤民"；"度德量力而识时务"；"切莫爱财毋图安乐"；"绍续家风宣明礼教"；"世代安居固守家乡"；"须存桑梓"；"无偏无党"；"上下和睦"；"莫听小人"；"教好农事，勤耕勤种"；等。

江南钱氏族人在族祖钱镠教诲影响下，历代繁衍安居在江南广阔的土地上，先祖又订了家规十八条，主旨是："孝敬为先，承颜养志"；"规训子弟，毋废学业，毋惰农事，毋学赌博，毋好争讼"；"读书当择名师，训之宜遵礼法，教以孝悌、忠信、礼义廉耻"等。

这些族训，都作为《钱氏宗谱》的重要内容编排在宗谱的前面，明确规定钱氏族人必须代代相传，作为修身养性的准则和处世做人之道。与中华民族传统文化儒家之学说是一致的，在钱氏历代族人中有广泛的认同和深远的影响。

1635年前后，钱氏族人第26世钱天爵为避明末世乱，自"江阴东门外塘村"携家人"迁居无锡西安阳山东麓新渎桥"，农耕为业，安家生息。由此可知，新渎桥钱氏家族历史为370余年。

新渎桥钱氏族人第35世钱勘（1826～1867）为"咸丰乙卯

（1855）顺天举人"，授赠中宪大夫、中议大夫，"道衔浙江候补知府、内阁中书"等职。

清同治三年（1864），钱勖在任上为恩泽桑梓，造福乡里，在新渎桥南不足一里地的狮子山、长腰山之间择山清水秀之地兴办书院，历经曲折，18 年才建成，开课收学生，称为"安阳书院"，系周围广大乡村中唯一的一所学堂。在无锡市范围内，除市区众所周知的东林书院外，能历经 130 年的就是它了。到如今，已经与东林书院齐名。

我的父亲（36 世）、我和姐妹兄弟（37 世）都是这所乡村书院的学子。学校校训是"椷朴乍人，乐育英才"，至今未变。在书院最早的庭院墙上，书有"礼义廉耻"四个大字，体现了这所学校百年来的教育理念。

我的祖父钱锦（1867～1933），字杏邨，与钱勖同为新渎桥人，同祖同世同辈，都是钱氏 35 世孙。祖父虽为 35 世族人的长房长孙，但按年龄，钱勖却是祖父的族兄。钱勖创办安阳书院，在新渎桥周边产生了很大的震动和影响。祖父在钱勖等士绅的影响下，认识到农耕子弟有望通过读书掌握一定的文化和科学知识，从而改变自己的命运，改善自己的生活。

二 青年农民和村姑

　　故居门前十多米处平静流淌的新渎河，在我幼时的记忆里，清澈见底，水草丰盛，青绿色的长长带叶随着水流自由摇曳，小鱼小虾在水草中快乐地穿梭游戏，水深处常隐藏有几斤重的青鱼、草鱼、鲢鱼等大鱼，故常有渔民驾小船放鱼鹰捕鱼。鱼鹰的下颈部被渔夫用环卡住，所以吞不下稍大一点的鱼。鱼鹰潜入水中，张嘴吞鱼，不一会儿脖子便鼓了起来。待那鱼鹰一浮出水面，渔夫便用长钩钩住鱼鹰脚上的小绳，用力扯回船舱。渔夫拨弄一番鱼鹰的头，颈里的鱼不论大小便悉数吐出。此时，渔夫再把鱼鹰丢入水中，竹竿一扬，鱼鹰即钻入水中。深水处的大鱼，鱼鹰吞不下，就叼牢浮出水面，渔夫一见便力撑小船穿了过去，用网兜套住，从鱼鹰嘴上取下鱼放入船舱。十来斤的大鱼，一只鱼鹰捉不住，往往由三五只鱼鹰一起叼住浮出水面。渔夫即刻赶过去，鱼大网兜没法用，鱼鹰很懂事，让渔夫双手紧抓住鱼头之后才松开弯钩般的嘴，让渔夫将大鱼扔进船舱。

　　每当鱼鹰出现在母亲河，两岸房舍内的老少乡亲都会在岸边驻足观看。若是能干的鱼鹰捉到大鱼，我和大家会不由自主地欢呼叫喊起来。大人们会说，街上有大鱼好鱼卖了。

那时的河上，很少有船只往来，农田不用化肥农药，村民们日常淘米洗菜洗衣服也在其中。河水清洌甘甜，没有任何污染。村民们可提水回家直接进锅做菜烧饭。夏天，大人小孩都会进入河中玩水，嬉戏，洗澡，学游泳。我的父兄都是游泳好手，单仰泳便能游几百米远。而我却因为自小有中耳炎，未能学会游泳，愧对这条美丽的母亲河啊！

母亲河的两岸长满了各种各样的树木、灌木和竹子，清晰的倒影在平静澄清的河水中一览无余。在夏日里，白天蝉声阵阵，晚上蛙声一片。纺织娘"唧唧"声此起彼伏，皎洁的明月倒影清晰地映在河中，常令人想起"猴子捞月"和"嫦娥奔月"的故事。虽然我幼时未学会游泳，却心细胆大，夏天挂一个篮子，赤脚从自家门前的简易小码头下水，沿着岸边，在清澈的河水中摸螺蛳、田螺和河蚌。若是碰巧还能捉到青蛙、河虾和螃蟹，那必定是满载而归。母亲见了，便会立即打理，很快烧出一大碗又香又鲜的菜来。原汤原汁的鲜美，实在是令人难以忘怀。离开故乡之后，少年时的美味再也没有品尝到。

少年时代的我，看到家门前清清河水中的肥硕游鱼，就想逮它，于是偷偷地在放针线工具的藤匾找来绣花针，再在火油灯上烧软了做成鱼钩。鱼线一般用3米长的细线，剪上长一厘米左右的干透大蒜杆芯五六个，穿在细线上作浮标，再将细线固定在2

米多长的细竹竿头上，钓鱼竿就成了；在自家米囤里用小瓶装上肥大的米虫，鱼饵就有了。活的米虫穿上鱼钩还会动，放入河边水草旁，里边就有如小鳊鱼样的黄白色鳠鲅出来咬钩，看着它吞入米虫，手一挥，鱼就上岸了；看到河中央游在水上层有5寸长的川条鱼（柳梭鱼），轻轻地把鱼钩甩过去，耐心稍等，也会有鱼来咬钩，手一挥，鱼又上岸了，赶在母亲做中饭前送回家，不论几条或十几条，母亲拿到小码头飞快地去鱼鳞内脏，放上姜、葱、盐、酒，在土灶大锅里做饭同时放上架子一蒸，中饭就能上桌。一家人吃着，虽然鱼小骨刺多，但嘴巴里"啧啧"声却不断！我还偷偷地把母亲和姐姐扎鞋底的大针弯成鱼钩，在屋后田间的池塘钓鱼，有一次竟钓上了十几条鲫鱼，有3斤多，一家人吃两天。私自拿取母亲的针线做渔具，常被母亲发现抓住，她嘴里骂着，却又一笑了之……

我也经常拿一个大簸箕，底内侧绑上几条刚挖出来的蚯蚓，放入门前河滩不深不浅的清清水中。过了一会儿，便会有小鱼小虾光顾，特别是塘鲤鱼最贪吃，吃下小半条蚯蚓，咬不断又吞不下。看准了，稍稍地突然将簸箕提出水面，就逮着了。哈哈，敲两个鸡蛋上饭锅蒸，母亲又拿出一款美味。在黄梅天，屋前水沟入河处潺潺水声吸引着逆水上游的鱼儿，拿一个父亲用过的滩笼（一种尾部向上倒放在流水口的带逆刺的渔具）放入沟口，用小竹竿插入沟底固定，盖上几把青草，人离开之后，不知情的又急于交尾寻找产卵地的鲫鱼会逆水上冲，进入这个滩笼就再也出不去了。我再赤脚下沟收起这个渔具，经过母亲之手，便就有真正的河鲜吃了。在沟边、河岸的泥洞、砖石缝和暗口里摸，常会逮住蟹、虾、青蛙、泥鳅、黄鳝，还有各种鱼，从暮春到中秋，这是我幼时当泥孩常玩的游戏。

我家的屋后是农田和菜园，田间里小道曲曲弯弯，宽不足两尺，窄不足一尺，可通向四面八方。父老乡亲的耕耘劳作就是在这样高低不平、有时会泥泞难行的小径上来来往往完成的。那时，每个农家都有自己的田地，我家有十多亩，分十几块，小的两三分地，最大的两亩地，散落在屋后的田野上，近的几百米，远的几里地。从屋后向北望去，种满稻麦的田野直至远方，与天际线合在一起，其间散落着大小不等的农居和村庄。秋冬收割种麦之后，宽广的农田一览无余，田间小径纵横交叉，从远处看，简直密如蛛网，较宽的路，也不过两三尺，通向各个村庄。

在母亲河的南岸，过新渎桥小街，走过田野和村庄，朝南300米外便是青葱的狮子山，再往西南500米外是长满松树的长腰山。山尾巴上有座牛郎庙，庙前有棵高大的银杏树。年少时，我进过牛郎庙，也看过墙壁上的牵牛图。在某年冬日某天，我早起到长腰山坡折回了一捆松树枝条，是为过春节插在门前或房屋上，图个吉利安详。

夏日傍晚，蛙声一片，我穿上母亲专门为我做的便于下田干活的护腿布鞋，既不怕划伤，也不怕蛇虫咬了，背上小鱼篓，拿着哥哥（他参军去了）用过的鱼叉、手电筒，到屋后田间、河塘边，不避深草荆棘泥泞，用一个多小时，便能捉回少则十几只，多则几十只青蛙，与自产的雪里蕻咸菜同烧，又成了天然的美味。

冬日雪天，遍地银装素裹，鸟雀儿寻食困难，乘其之危，在屋前扫干净空地一块，撒上一些瘪谷，上用一根 50 公分长的系了细长绳的竹竿撑着一个稻谷筛子。饥饿了的鸟雀自会飞入筛子底下啄食，等飞入鸟儿多了，十几只，为争食各不警惕时，躲在门后从缝中观察的我，将引入门后的细长绳飞快一拉，竹竿倒了，可怜的雀儿们便被罩在筛内飞扑夺命，再也出不去了，便成了我一家人冬日补养身子的正宗野味。

我的先辈和族人们，就是祖祖辈辈，生生世世生活在这样山清水秀，树绿草青，鱼肥虾壮，蝉吟蛙鸣，蜂飞蝶舞，风清月明，满目生机的近于原生态的淳朴田野乡村中。

我的祖父钱锦有兄弟俩，祖父为大，居新渎桥北岸村落最东端的钱氏祖宅，仅有一间门面前后三进带阁楼的平房，与西邻堂祖父钱剑的居所面积和房屋结构完全一样。

祖父世代农耕，未能走出家乡土地。祖父婚后多年不育，领养了祖母娘家的男孩，赐名钱天福，作养子，是谓我的伯父，其不识字，纯粹的农民，一生未离家乡，身在无锡，却连无锡市区都没有到过，留下二子一女，便英年逝去了。祖父直到 46 岁那年（1913 年）才老来得子，养育了我的父亲钱根宝。祖父由于受到族兄钱勖创办安阳书院的多种影响，认识到世代子孙不识字，没有文化知识是不会有好的生活出路的。安阳书院离家不远，求学方便，父亲一到该受教育的读书年龄，祖父就让父亲进了安阳书院。

父亲在安阳书院受到的教育，始于《三字经》、《百家姓》、《千字文》、《弟子规》、《朱子家训》、《增广贤文》等，主要是"四书五经"内容的儒学，还有格致（格物致知，相当于自然及科学常识）、算学等。这在当时以农耕生存自给自足几乎没有商贸经济的农村，很少有农民子弟读书的情况下，已经让父亲大开眼界。由于父亲聪慧好学，又练得一手拿得出的毛笔字，他在当时当地已经是一个乡里遍知的农村秀才了。

祖父就只有父亲这么一个亲生的孩子，且是老来得子，论乡情家情，祖父没有这个眼光、也没有这个能力让已小学毕业的父亲外出继续深造了。父亲在祖父安排下决意学一门手艺，在习惯于自给自足，生活要求不高的农耕经济条件下，"技艺在身"是一个很牢靠的行当，是别人抢不走的饭碗。若是仅靠几亩祖传农田的收成养家糊口，紧紧巴巴，会很艰难的。祖父和父亲深切认识到这些，在祖父的安排下，父亲拜师学艺，刻苦认真努力，加上有一定的文化，能写会算又会画，又会动脑筋，好学不倦，至十七八岁，就是一个很能干的木业工匠了，可以独立设计施工，为乡民造房建屋了，技艺不亚于师傅。

青年父亲身体健壮，木工技艺全面，为人做工又快又好，声名很快就在乡间传开了。从此，来找父亲做木工活的人越来越多，父亲往往忙不过来。父亲只在农闲时做木工，平时必须帮祖父照料自家的几亩农田。由于祖父年岁已大，所有农活，从耕耘、播种到收割，大多是由父亲完成的。父亲是一个称职的木业工匠，更是地地道道的青年农民。

父亲到了谈婚姻成家的年龄，经同村盛家媳妇的介绍——是其娘家同村的一位村姑，姓龚，名杏娣，比父亲小一岁，家住武进县雪堰桥大元里，东临太湖，距新渎桥 20 里地。村姑家是有房有地的殷实农民，养着水牛，屋后有可以供牛喝水、洗浴、乘凉休息的"牛池"，是当地较为富裕的人家，时称"大墙门里"。

村姑健硕能干，精通女红，勤快俭朴。村姑为家中老大，自幼帮父母操持家计，下有两个弟弟一个妹妹，弟妹都上过学，而村姑自己却因家事未能进学。虽如此，家教却甚严，村姑也知事达礼。论家景家底家势，当时，村姑家比父亲家好多了，却因为父亲是有技艺的工匠，又是能干的农夫，在父母之命、媒妁之言下，未经恋爱，也没有见过面，这门亲事就成了，村姑成了我和同胞的母亲。

三　儒学治家理念

　　父母成婚之后，祖父就去世了，没过多久，祖母也走了。他们没有给我留下什么记忆。父母婚后，每隔三年添一个孩子，在经济文化相当落后，交通、讯息十分闭塞的家乡，没有报纸、邮局，也没有一条像样的道路，到无锡市区只能步行。所以，要像样地操持一个子女众多的家，是很不容易的。而我们健在的八同胞能有今天，最令人难以忘怀的，是父母的儒学治家理念——是儒家思想成就了我们。

　　父亲少年求学，接受安阳书院孔孟思想教育，确信正确的人生之路是"格物，致知，诚意，正心，修身，齐家"。这也是治家之正道，是唯一正确的家庭教育。母亲虽未正规接受学校教育，但自幼在娘家也受到良好的家教，在父亲的影响下，夫唱妇随。在故乡农家，一家同胞出了这么多读书人，有这么多人走出农村，闯荡社会，占有一席工作之地，直至在大城市扎根生息，都出自父母给予我们的教育。

　　父亲写得拿得出手的正楷毛笔字，在家中的扁担、竹制蚕匾、站条、桃笼、麻袋等流动的农用物品上和父亲的一些木工工具上都曾留下他的墨迹。最令我难以忘怀的是，他在牢固的牛皮纸上全文抄写了朱柏庐先生的治家格言《朱子家训》，制成长约 1.5 米、宽约 0.8 米的画轴，悬挂在家中最显眼的重要位置，作为全家所有人的守则。如此举措，在故乡农家，可以说是绝无仅有的。这件家传的最珍贵墨宝，体现了父亲的治家理念。它也明白如语地诉述了父亲的精神品格，然而却在文革的浩劫中化为灰烬，成了无法挽回的遗憾。

父亲认为，"耕读传家，勤俭守家"这是一个农人的本分，是正路正道，田不可不种，书不可不读，勤而且俭才能过日子，像个人家。至于自小要经受磨炼，"苦其心志，劳其筋骨，饿其体肤，空乏其身，行拂乱其所为"，都是正常的、应该的。吃不得苦，难以成人。

父亲认为，儒家学说"四书五经"，内容繁多，涉及广泛，博大精深，一般人学不过来，消化不透，理解不了。《三字经》、《千字文》、《弟子规》和《增广贤文》等，涉及太多太散，作为家教、家训、家规，老少难以全部适用，所以选择了《朱子家训》，抄写挂上中堂，作为全家老少都应遵守的训言戒语，常常耳提面命，不可疏忽，大家都要遵守古人千百年来总结了成功治家经验留给我们的这份家训。

父亲认为，《朱子家训》与《钱氏宗谱》卷首的先祖遗训、戒语、家规并不矛盾，其主旨思想是完全一致的，都源于儒家思想。唯《朱子家训》的内容更为全面、具体、完整，适合农村耕读人家，文字通俗简练易记，更适合一家老小作为治家之格言。

父亲是这么想的，也是努力按治家格言去做的。我的记忆中常出现幼时父亲指着这份家训逐字逐句给我们同胞和母亲头头是道说教的情形。

"黎明即起，洒扫庭除，要内外整洁，既昏便息，关锁门户，必亲自检点。"这是一个晨起劳作，晚即养息的勤勉耕作之家的平凡而真实的写照。一年之计在于春，一日之计在于晨，一生之计在于勤。父母一生，从未睡过懒觉。父亲常有"三早抵一工"的说法，从晨曦中劳作到太阳出山常有两三个小时。冬日，我还在暖和的被窝中做梦，父亲已下地修剪整理桃园了，待我起床吃早饭上学时，父亲才匆匆赶回，放下桑剪、锄耙等工具，去雇主人家按时吃早饭做木工活了。母亲和父亲同起，除准备一家人的早饭外，还要喂猪、喂鸡和搞卫生、洗衣服等，由于孩子多，每当天气冷暖变化，母亲要为每个孩子准备衣服，母亲有一手好针线，所有孩子幼时的衣、裤、鞋、被等，全由母亲自缝，老大穿后老二穿，老二穿过修补了老三穿……家中孩子渐增多，所有衣裤都能物尽其用，母亲的忙碌，常常是不亚于父亲的，有时晚上挑灯做针线常到二更甚至三更。而我们早已进入梦乡。父母歇息前，必亲自检查灶火熄灭及前后门的关栓。

"一粥一饭当思来之不易，半丝半缕恒念物力维艰。"这两句，父母给我留下的言谈和作为，特别深刻。由于父亲农闲做木工的收入，加上母亲精心持家，与周围的纯种田的农户相比，我家的生活应当说还是可以的，并不拮据，温饱有余，但父母都抠得很紧，其理由便是这两句家训，更有"居身务期质朴"、"自奉必须俭约"之戒语。农家平时很少开荤，母亲烧的肉和鱼又特别好吃，一旦有鱼肉上台，同胞们都瞪着眼睛想多吃一点，但父亲规定只许吃两筷子，不许伸第三筷子。当时母亲用自家产的麦子或米在河边小船上换来的很便宜的咸黄鱼，只许吃一块，父亲的理由是"看菜吃饭"。居家饮食，出门做客，谓之吃饭，是吃饱为主，不是吃菜，这是当时乡间的礼仪规矩，特别是荤菜吃多了，当时农村经济来源少，受不起啊！"粥饭当思来之不易，何况鱼肉？"我们再馋，没有理由与父亲解释或者争辩，都是服服帖帖。父亲还具体规定了上餐台的吃相：筷子在手不能交叉，不能指向他人；饭碗要用左手五指端稳，手掌向内；吃饭喝汤不能出声；去菜碗夹菜不许翻动，只能在上面夹，一次不许夹两块荤菜，不许挑最大的，不许站起来到离自己最远的对面客人面前伸手夹菜；进食时，不许盯人看，也不许盯住某个菜碗看，不许边吃边嬉笑和随便说话；一桌人未到齐不要动筷子，特别是长辈未到更不能先吃；作为小辈必须赶在长辈放筷子前吃完，并要招呼同桌未完餐的大人、长辈"慢用"……诸如此类，在我幼小的脑海中便烙下了什么是饮食文化的印记，即使现在来想，父亲所说也都言之有理。

母亲出身殷实农家，女红又好，结婚后成了母亲，家境虽谈不上富裕，也不算困难。不过，在衣着用途上，母亲近乎吝啬，不但从不丢弃破旧衣服，连手掌大的破布，甚至指甲大的旧布都要收集起来，理由自然是"半丝半缕恒念物力维艰"，又何况这些都是能用之物。我亲眼所见的是：凡稍大一点的好布新布，母亲用于拼接小衣服、内裤、鞋子、兜肚等，凡旧布甚至小如指甲的，母亲用面浆在木板或竹匾上铺贴成硬衬，或精心铺衬后用线扎成鞋底，做成一家人穿的鞋子。

在市场供应很差、物资匮乏的 1961 年，我考上了扬州的大学。那时，二姐已在南京上大学二年级。母亲为一家人填饱肚子日夜操劳，已无力也来不及为我准备成套被铺等物，我也自觉家计艰难，自己动手用几个没有用的装粮麻袋裁开缝拼成行李包袋，用小竹子自制成晾衣架，修理能用的生活用品和文具，以作求学时日常之用。而母亲实在拿不出供我单人床用的垫被，心中却有安排，只说天凉了会寄给你。到了 10 月，我收到了母亲寄来的垫被，又轻又厚又暖和。被絮是用同胞们不能再穿的旧棉衣裤重新弹制的，除正面有一块完整的旧白布外，其余是用姐妹不能再穿的两件旧棉旗袍面子手工一针一线巧妙拼接而成的。半个多世纪过去了，棉胎已老硬不暖和，早作他用。我却一直珍藏着这块一扯就会破的旧布，因为它凝聚着慈母的心血。它体现了慈母的女红水平，表达了慈母对儿女关怀备至的心；它既是姐妹幼时的棉旗袍，又是我读大学至工作单身 20 多年从未离开过的床上用品。过去躺在上面，现在看到它，都让我想得很多，它不是一块极普通，甚至是弃之无用的旧布啊！它是让我纪念慈母至纯至真关爱的经久不息的刻骨铭心，也是母亲品格的真实见证。

《朱子家训》"宜未雨而绸缪"、"凡事当留余地"，成了父母一生的治家理念。父母认为，过日子一定要克己勤俭，要细水长流，没有算计，若是得过且过，"今朝有酒今朝醉"，必会误了自己，害了子孙。

父亲一生，肩负着家庭责任，处处未雨绸缪，精打细算，为儿女的未来殚精竭虑。父亲21岁（1933年）成婚，22岁当父亲，至42岁（1954年）因肝病英年逝去，历经民国、抗日战争、全国解放、土地改革、抗美援朝和经济建设等历史阶段。在社会如此多变，人心又不稳的政治气候中，父亲和母亲相辅相成，精密安排，辛勤劳作，尽心尽力地养育了我们八同胞，并给我们留下了珍贵的生活基础，实属不易。

自有了老二后，年轻的父亲就在祖传的房地基上建房了，在祖父留下的一大间平房正北，增建了带三层阁的楼房，重新布局整个家庭的各种设施：朝东大门外有一片场地，进门是天井，转北是朝南的客厅兼饭厅，其上为阁楼，可存放粮食、柴草，也可住人，随后是厨房，后有小天井及过道与北面楼房相通，过道与天井之间建有鸡舍，新建楼的楼下南侧是卧房，北侧是羊圈、厕所、猪圈、后门、楼梯，上楼即是大卧房，卧室之上是三层阁作储物间。居所面积与原来相比，扩大了两倍，使农耕生活和养儿育女有了较好的条件。建造楼房，在当时当地的农村并不多见，而在家乡新渎桥的村东，父亲是第一家，我家的楼房全是由父亲自己设计、施工建成的。

父亲25岁建成了按当时当地条件已属相当好的安居之所后，并未停步，在他的心中，还有更大的"富家"打算。千百年来，农民最大也是最终的发家之路就是造房买地。这一是为了造福子孙，二是为了光宗耀祖。在当时农村，社会动荡带来生活动荡，土地常有买卖，父亲深感祖传土地太少，随儿女增多，也不够耕种，便心仪于买地了。

父亲农忙时在自家田地劳作，农闲即为附近乡民建房造屋或做各种木工活，技艺好，常年不闲，还尽量起早贪黑多挣工钱，家中积蓄逐渐增多。在新中国成立前的几年里，父亲看准机会买了几块水田和旱地。到解放后土地改革时，父亲名下的土地证上已记载有十多亩，这些地完全是自耕自种的。这是父亲在36岁之前对祖宗期望的交代，完成了的"功业"。然而，土地改革对农民评定阶级成分时，个别心怀嫉妒的不端之人造谣生事，污蔑父亲放"高利贷"，放贷多达十多担米（时以米计款）。其实那是父亲为人建房未收回的工钱或代购材料的钱，还有一些纯属熟人朋友间的帮忙解困而已。还好当时的土改工作组掌握政策好，认定父亲没有剥削行为，排除了干扰，评我家为"中农"。相比我的伯父家、堂叔父家、堂兄弟家，以及周围众多村民——他们都是"贫农"——我觉得也并无不当。我家的这个中农，全是父亲的能干和勤劳创造出来的。用母亲的话来说，就是用木匠"斧头劈出来的"。如今想起，应感谢当时土改工作组政策性强，作风踏实。若是听信谗言将我家错评成"富农"，成了阶级敌人，成了管制对象，我家的历史就要全部改写了，也不会有我们的今天。可以想象得到的是，同胞们会完全失去参军、上大学的机会，也丧失了正常的体面工作的机会。也许，我们的命运会惨不忍睹。

解放前后，父亲意识到田地多了会管不过来。而在解放后土地也不允许买卖，他也就不再把心思放在田地上。五个女儿（老大、老三、老五、老七、老九）将来都是人家的人，老七在她3岁时就成了殷家人，所有女儿不用操太多的心。需要操心的是三个儿子（老二、老四、老八），现有的住房显得小了，人都长大了，在一起不方便，将来也难以分割。父亲真是未雨绸缪，想着要弄一块好的宅基地，用来给三个儿子各建一套房。但事与愿违，几年下来，限于当时政策，父亲始终没有找到一块满意的宅基地。直至父亲离世，给三个儿子造房的愿望也未能实现。

在我幼时的记忆里，父亲已经做好了资金准备。一次我好奇打开楼房南窗下的暗箱，发现里面有个锡制器皿。我掀开严密的锅形盖子，便看见了扎得整整齐齐的钞票。每扎十叠为百元，我不敢乱翻，估摸着有十多扎。这在当时当地，这些钱完全够造三套房了。

1953年夏，老二初中毕业去了军营。1954年夏，老大初中毕业也参军去了军校。同年，父亲经年辛苦，积劳成疾，发现得了难治的肝病。我们家的生活随即被打乱，陷入了深重的危机之中。

这年夏初，我小学毕业，拿着成绩单到父亲病榻前，病入膏肓的父亲连举手的力气都没有了，让我摊开成绩单放到他眼前。父亲看后，一言不发，即转脸号啕大哭，这是我生平第一次看到父亲如此悲恸伤心。我慌了，赶快找来母亲，母亲也能看懂成绩单上的一些数字，结果陪着父亲一起伤心悲泣。我就更慌了，呆呆的不知所措，莫名其妙地跟着一起伤心……

即使到了这个时候，父亲明知自己重病难治将不久离世，他所思所想的还是这一家人的生计该怎么办，孩子如何养育，读书如何安排，日子怎么过下去。他千叮万嘱，交代母亲：

老大、老二，参军了，是为国尽力、效忠，是光荣的，地方政府有优待政策，不会不管我们，要依靠政府。

孩子都不笨，"经书不可不读"，"读书志在圣贤"，要尽量让儿女多读书，争取将来都做有能力的人，有一个体面的工作和生活，像我这样一世人生，太苦太累了。

女孩子多，老九才三个月大，如果有个好人家，像老七那样，送掉吧，否则太累了，管不过来，也养不起。

留下来的钱，我一走，房子造不起来了，好好安排，不是危难，不要动用，要救急的。

父亲眷恋着由他亲手创建的这个家，眷恋着家业和田地，眷恋着所有成长中的儿女，眷恋着母亲。在十分痛苦、万般无奈中，实际年龄不足 41 周岁的父亲，就此告别了人世。

在料理父亲的后事时,母亲准备父亲的寿衣,常常泣不成声,难以言表。父亲谨遵家训"自奉俭约","居家质朴",没有留下较为像样的衣裤鞋帽。母亲无奈之中,只能遵父遗言,拣稍好的给父亲穿戴入殓。

父亲一生不吸烟,不喝酒,没有任何嗜好,只是一心为家,一心为儿女,创造了那么多财富,全部留给了我们,从来没有想到自己要有什么享受。在亲友的劝导下,在父亲的徒弟和同行们的帮助下,家里为父亲制造了一口厚实像样的寿器,算是告慰他的在天之灵。按当时习俗,因父亲逝于夏季,当地水位高,不能深埋,只好置棺于小桃园。园中桃树皆是父亲所栽培,共有十几株。棺木五分之四留在地面,用土盖住,待冬至后,再移置大桃园。园里桃树五六十株,早已亭亭如盖。大桃园中的父亲棺木,头东南,脚西北,风水好。至次年清明,我们方堆坟立碑,让父亲有了永久的安息之地。

父亲走后,母亲痛定思痛,悲苦至极,老大、老二刚成人,参军去了,不在身边,老三、老四读初二、初一,尚难懂事,老五上小学,老八更小,老九嗷嗷待哺,这个家的担子唯有自己一个人挑。母亲虽自幼受到好的教养,但中年丧偶的重大打击毕竟太深太重了。母亲的精神依托,还是儿女,还是父亲的遗愿,还是治家之本的《朱子家训》。

母亲谨遵父亲遗愿,精心持家,养育我们,依靠父亲医疗、办理后事之后还留下的那几百块钱,渡过了难以计数的生活难关，并让老三、老四读完了大学。父亲辛勤劳作，还挣下了十来个金戒指，母亲从不动用，直至每个儿女成婚时，给了我们每人一个，同胞都将这枚不凡的戒指珍藏着，作永久的纪念。

儒学造就了父亲的精神品格。他和母亲一起，用儒学思想治家，养育了八个儿女。父母精神品格不但潜移默化地影响了我们，同时也成就了我们的今天。

四　出色的种地能手

　　田野上，大片青绿色的稻田之中，有一块高出周围 2 ~ 5 厘米、颜色尤深呈墨绿色的水稻，枝叶比周围的都粗壮，那必定是我家的田，是我父亲种植的水稻；一片金黄的麦田之中，有一块的麦穗更黄更密，穗粒更丰硕的小麦，那也一定是我家的地，是父亲种植的小麦，这是我幼时随父兄下地留下最深刻的印象。父亲从没有向我述说过这是什么原因，我只是明白父亲比别人会种地。自我进小学起，我知道父亲经常翻看我看不懂的"皇历"，24 个节气，"春雨惊春清谷天，夏满芒夏暑相连，秋处露秋寒霜降，冬雪雪冬小大寒"，父亲熟记于心，背诵如流，我至今还记得他说过的话："人不亏地，地不亏人。"后来才悟得：种地是科学，善待田地，田地才能回报好的收成。必须做到不误农时，适应气候，要精耕细作，适时下种、灌溉、施肥、中耕、除草。那时没有农药和化肥，也没有那么多病虫害。父亲耕种的十多亩稻麦，在我的记忆里，每年都有好收成，粮食自给有余。在不宜种植稻麦的坡地田头，父亲种植树木类作物和各种蔬菜。一年到头，家中的蔬菜均能自足。老屋东侧，父亲每年春天都要种植多棵丝瓜扁豆，用竹竿和草绳搭成棚架，引藤蔓上架，用鸡粪草灰作基吧，每天浇洗脸洗脚水，藤蔓长满了整个棚架，花开一片，从夏到秋，丝瓜扁豆不断结果，几乎天天可以采摘，延续四五个月，现摘现烧现吃，十分新鲜可口，这种真正天然食品的滋味，一离开家就再也没有尝到过。

瓜棚架下，隔热遮阳，有一分清凉，架上花开不断，常引来蜂飞蝶舞，还有成群蜻蜓。夏日傍晚，只要不下雨，全家人都是在棚架下，母亲支小八仙桌，端上可口泡饭，放几个简单的菜蔬，大小椅凳围坐着一家人，吃晚饭。那时我的胃口不小，汤汤水水，能喝上两三碗。晚饭后，一家人轮流在大木盆内洗浴，母亲忙于收拾，总是最后一个洗，并将浴水用来冲洗猪圈。我洗浴后就躺在桌子上，有时又加搁一块门板，和同胞一起躺着，听蛙鸣虫叫，看萤火虫到处飞舞，望月亮，数星星。

母亲洗浴收拾完后，会拿着一把大蒲扇，常坐到我身旁，让我一起享受扇风的清凉。而父亲却是很忙，晚上常有人来找他商量木工和建房的事。无事时，父亲常常一个人拿把蒲扇，扛个躺椅去河边迎风纳凉。

父亲平日少言寡语，与农事、木业、建房无关的话题，几乎不谈。但他的农事本事，却常常成了乡邻们学习的榜样。常有人来询问什么种子是否在这个时候下地，下种多深，施什么肥，浇多少水，等等。

老屋天井的能避雨的南墙上贴有用黄泥、稻草灰和种子调和一起的各种大小饼子，旁边还有字或记号。常见父亲铲下一个敲碎均匀撒播到已经润湿的泥土里，不用几天就长出了禾秧小苗，品种有黄瓜、生瓜、香瓜、南瓜、西瓜、丝瓜、扁豆、豇豆、茄子、番茄等等。这些蔬菜根据其生长特性分别栽种在自家两块旱地桃园田里的不同位置。如爬藤的豇豆、扁豆可以附在篱笆的内侧；地藤的生瓜，香瓜种在小桃树中间，既不影响桃树生长，又不影响瓜秧瓜藤采光；南瓜藤蔓又大又长，种在坟旁，让其爬上不能种植作物的坟堆，采光好，不影响结果；番茄、茄子需要通风、采光较好的位置，就安排在桃树枝条较小或小桃树中间；秋末冬初，桃叶落尽，桃树下便能广种青菜、白梗菜、雪里蕻、菠菜、蓬蒿菜、金花菜等。父亲见缝插针，充分利用了阳光和土地。所以一年四季，果菜不断。苍翠碧绿的桃园，既是果园，又是菜园，充分利用了土地。在那个年代，父亲已经有了认识作物特性，充分利用了土地和空间，保证作物的采光和通风，间种、夹种、轮种，正确施肥等科学种田的理念，远离愚人种田，反对懒人种地。

这也许就是典型的自耕自种自给自足的小农经济，父亲培育的各种禾秧，自给之外，都送给了需要的村民，自种的菜蔬，也常自给有余，送给乡里乡亲。家中常年能享受到没有任何污染的，现摘现采现洗现切立即下锅制作即上餐桌的最新鲜的蔬菜。特别难忘的是，吃那自产的青皮绿肉香甜无比的香瓜，脆生爽口的生瓜、黄瓜，其香，其汁，其味，是真正的绿色食品，离家外出后再也没有遇到过。至于自产的番茄、茄子、豇豆、扁豆及青菜、菠菜等，与我后来数十年中吃到的不是自家土地上生长的，不是现采现做的味道，总是不一样的。回味起来，我真是留恋自耕自种自用的绿色田园生活，那种充满质朴、淳厚、真诚、自然的人与土地的关系，你给田地认真的爱护和培育，田地无言，自会给你可贵的馈赠和回报，这就是父亲真心实意了解和关爱土地带给我发自肺腑的感悟。

现在的阳山水蜜桃闻名全国，父亲是阳山地区最早种植水蜜桃的几个农民之一。1945 年前后，父亲购得新渎河北岸距家约200 米的一块旱地，中间还有几座无名荒坟，高低不平。父亲整地趋平，种下 20 多棵桃苗，三年后，初结的桃子是"白花桃"，白里透红，每斤二至四个，口感鲜甜汁多，父亲认为品种较好，便自己育苗嫁接，成功后又种了 30 多棵。我七八岁稍知事起，清明前后至秋分，常常跟着父亲和兄姐走进这片桃园。当时，周围的土地上也开始种起了桃树，用卖桃子解决光种稻麦自足却见不到现金的问题，以此改善生活。我家的这片桃园长得最茂盛，主要原因是施肥得当、充足、修剪合理，冬涂石灰水，及时防治病虫害。父亲在桃园的四周扦种了樫杻苗，精心培育，两年即长成，用长成的软韧枝条扎成菱形格状的篱笆，在桃园的中部搭起一个草棚，放了简床，架上蚊帐，以便休息和看守。

清明，桃花盛开，满园芳香，蜂蝶飞舞。争取当年桃子好收成的精心管理就开始了。桃花落尽，新叶长出，幼果很快长成，就要及时疏果，把长得过密，长得不当，长得不好的小果摘掉，以免占用了地力养料，不久即要套袋，每一个留用的桃果上都要套上用旧报纸粘贴成的成桃大小的纸袋，并用小绳或软铁丝扎住，扎时千万不可弄伤枝叶及桃果。给桃树追加有机肥时，父亲查看纸上记录的每棵桃树所用的套袋数，即挂了多少只桃子，有100～400只不等，就在距树根50公分处挖多大的浅坑，施进多少粪肥，不能多也不能少，以保证每棵坐果不等的桃树得到充足的养料，保证每个桃果都能充分长足。父亲还及时把疯长的影响肥效的无用枝条剪掉。精心养护的结果，桃子长得又大又好看，味道又好，产量又高。6月中旬，桃子长大，我也参与了看守桃园。7月中旬的收获季节，我也参加采摘桃子，学会了不弄破袋子一摸即知桃子成熟程度该不该摘的技能。成筐的桃子运入家中，父亲早就预备好了市场上统一大小的桃笼，按桃子成熟程度、大小品级装笼，上市场是成笼买卖，中等规格的桃子在桃笼中呈现"三圈一至三"，我家的桃子多是"二圈三"，甚至有"二圈一"的，特别赏眼，色泽又好，卖相足，不愁卖不掉。深秋，桃树落叶；冬天，父亲冒寒在桃园中翻土垄地，整枝修剪，又要为来年的丰收做准备了。

我上小学时，父亲已有两块旱地，种上了六七十棵桃树。正值结果的盛年，每年有几百元收入，这在当时一个农家就很好了。我亲历了桃树的嫁接、栽种、中耕、除草、施肥、疏果、包袋、采摘、修剪和管理，亲尝了父亲种植的硕大、粉白透红的"白花桃"鲜甜适口，"红花桃"蜜甜无渣、入口即化，那是真正的有机食品的享受啊！时光过去了半个多世纪，30多年的改革开放促进了家乡的巨大变化，现在的阳山水蜜桃更有名了，我每年都能吃到，可再也没有吃到我幼时自家桃园所产桃子的那个味道。

父亲种地，总是带着儿女们一起。等儿女们稍大一点，6岁以后，就跟着父亲拔草、捉虫；十来岁就要拿镰刀割草，田间除草，用手撒灰（羊灰鸡粪等），用勺浇水；再大一点，就什么活都要干了。父亲认为农耕子弟必须早早接触土地，和农作物一起发芽、生根、成长。农耕子弟应该是从泥土里滚爬出来的，要懂得如何爱惜土地，学会如何管理田地，这样才像个农民，才会有好的收获。

插秧的时节是黄梅天，大姐被父亲安排一早在自家的秧田里拔秧。临近中午，可能是安排大姐下午要帮母亲打麦脱粒，我受母亲之托去叫大姐早些回家，大姐顺便挑了一些稻秧送到水田，让我把秧凳（上下两块厚2公分，长宽30×20公分木板，中间用两根木柱连结，放在秧田能坐着拔秧，又不会陷入泥里的专用坐具）和凹手（带把儿的圆木盆，脚放入其中拔秧就不会被蚂蟥叮咬了）带回家。我拿一根小木棍用绳子一头拴一个挑着往家走。

突然，狂风暴雨骤至，我的担子虽不重，却因风雨太大，在不足一尺宽的泥泞田埂上，即使赤着脚也站不住。田埂高出地面二尺，一边是深河塘，一边是水沟，非常危险，我害怕了，便干脆在水深约一尺的水沟中走。正在这时，我看到大风大雨中穿着蓑衣的父亲朝我奔来。他接过我肩上的两件用具，拉着我的手终于回到了家。母亲见到我，长长地吐了一口气。大家夸我聪明，"一头一个挑着会在水沟中走"，也能到家。那年，我刚满8岁！现在想来，自小有这种难以忘怀的历练，便是一种成长，一种智慧，更是一种收获。

与秋收秋种相比，夏收夏种又谓抢收抢种，比秋收秋种更为繁重和复杂，技术性更强，时间也紧迫。人误地一时，地误人一年。父亲要求上中学的大姐和哥哥停学参与农事，道理在此。他们也无话可说，乖乖地随父亲下地干活。我和二姐虽小，也得跟着学，学着干。哥哥是父母的长子，父亲受习俗和传统的影响，希望继承父业，接代传家，成为钱家的顶梁柱，给弟妹做个好榜样。父亲带着哥哥干男人都要会干的既重又累的农活：锄田耙地，挑担施肥，做灰坑，筑田埂，割麦插秧。

插秧虽不是力气活，却是个全面的技术活，父亲做一个样子，哥哥必须照着做，插秧一排六棵是弯腰倒退着干的，不留意就会枝距行距不均，走向偏斜，秧根入泥要不深不浅，深了影响返青生长，浅了会跑位甚至浮起来成废秧。哥哥是新手，难免出点差错，父亲见了就让他拔去重插。而父亲确实也是干农活的好手，可以在左右无参照的水田中央，孤立独插整排秧苗，不歪不斜，枝与行既平行又垂直，保持等距。父亲认为，不论粗细农活，都有规范和要求，要做就像样地做，要做就做好，不许将就，否则对不起土地，而且对收获也有影响。在父亲的严格要求下，同胞们干农活都认真仔细，养成了一种习惯。特别是大姐拔秧，又快又好，自然成螺旋卷状，让插秧非常顺手，得到父亲的赞许，说能达到这样的拔秧水平，在全村农人中也少见。夏种期间，所有水田所插的秧苗都是大姐带领着二姐一起完成的。

同胞在父亲的教导下，凡田间农活都做得得心应手。兄弟姐妹们，谁都不甘落后。大姐已 80 多岁了，初中毕业参军长期离开了农村，没有农活可干。她退休后，在复式居所的楼顶露台上，种上丝瓜、扁豆、黄瓜、番茄、白菜、青菜、菠菜甚至马兰等许多种蔬菜，年年丰收，自给有余；二姐居所前后有地便成了菜园，家中花草茂盛；大妹无地就在家中和阳台上种植，将花草修理成一盆盆工艺品。她们有这些成绩都离不开年轻时农耕生活的熏导，离不开父亲潜移默化的教导。

五　不凡的木业工匠

　　父亲是名副其实的农夫，在约25年的农村建筑生涯中，也是一名专职的木匠。我年轻时不懂，以为做木工无非拉锯、劈斧、推刨、敲凿、打眼而已，是个力气活，只要有力气就能干。在我逐渐年长，多年在开发、设计、制造、验证的岗位上实实在在地打拼后，才有了一点体悟，慢慢明白了父亲这个木工并不简单，不是一般的凭力气干活的木工。所谓"不凡的木业工匠"，他是完全名实相符的。现在的木工，由于处处通电，可以随带电锯、电刨、电钻等，省力省时，而且有各种规格各种材质的圆料、方料、扁料供应，还有多种规格的三夹板、五夹板、木屑板、纤维板等可供选择，还有许多省事省力的木结构的五金件供应。父亲从事木工的那个年代完全不一样了，不通电，全凭手工劳作，除了铁钉，几乎没有什么木结构的五金件可以选择，也没有现成的板材或方料、扁料供应，只有连树皮都还在的原木原料，需要的板或方全靠拉大锯自己开料，所有的木工活全用工具凭手艺完成。木业工匠技艺是非常讲究的，高低优劣差别很大。

父亲 25 岁前为自己设计、采购、施工建成的带三层阁的砖木结构楼房，所有木工活都是他一个人干的。他借用族人空房作工场，常常一个人点着小油灯辛苦到深夜。这座楼房如何艰难建成，母亲在回忆中有说不尽的感慨！而给我留下最好印象的，是这楼房的因地制宜、设计合理、精巧和实用。我在这楼房中生活度过了童年、少年至青年的 20 多年岁月，对父亲的这个作品，应该有发言权。

　　这座楼房，即使是现在，若是不懂得平面和立体几何，不会三角函数计算，没有三维立体概念和制图基本技能的人，也是无法设计出来的。父亲接受过格致和算学的教育，应该懂得这方面的基本原理。这些精心设计并由父亲自己精心施工，安装而成，给一家人的生活带来了难以言尽的方便和实惠。至少有以下几点可以说明：

　　一是，具体布局完全适合农家饲养畜禽和农耕生产需要，方便农家生活。

　　由于受地基大小的限制，楼房又不能占地过小，便将老屋北面最低部位拆去 2 米，中间为便于厨房排水以及屋面下水做成一个 80 公分宽的小天井，天井出水通过地管直达屋外东侧农田的排水沟。东侧在老屋和新楼之间是通道，为与新楼结构衔接，做成屋披，其下水进入小天井。在天井和通道间做成一个顶面有斜度便于下水的平台，高度约 70 公分，其上可以置物或洗衣，其下是每个农家都需要的可养十几只鸡鸭的禽舍，禽舍通风好，采光不重要，因傍晚收容鸡鸭才用。每到黎明，公鸡报晓，嘹亮鸣啼，就告诉一家人要起床开始劳作了，我则还在睡梦中，要到三遍啼过才会醒来起床。

楼下北部是农家必不可少的饲养猪羊之所，老的农舍养猪没有专用的猪栏，简单从事，不让猪跑出去即可。猪舍内臭气熏天，排泄物甚至没有专用收纳池，就用干土不断铺填，又脏又乱，不利猪的健康和生长。父亲采用的阳山石料，每块几十斤到几百斤不等，正面凿成需要的样子，或平面、或带有凹槽和孔洞，砌成猪圈的地面和四周围墙。西侧和北侧即同时是楼房的墙壁，东侧有圈门，立的石柱开有槽口，与厚重的圈门相配，便于装卸。圈门内即是沉重的石制喂猪食槽，喂食操作方便。圈内地面比室内低 10~15 公分，并倾斜向一个方向，使排泄物或冲洗水都汇聚到圈内地面条石专门凿成的凹槽内，而此槽则经过南墙下面长条石的孔，直通到为农田沤肥的 2 米深坑——能蓄 30 担肥料！深坑上用两块长条石盖住，中间留长孔，装有父亲专门制作的坐便器。一家人的所有便溺甚至洗澡水都汇入这个厕坑兼肥料池。

池东侧不远处，即是后门，便于出运肥料至农田。后门做成上面三分之一处是格栅，内有小门可关，便于通风或采光，又保证关锁安全。猪舍兼顾了农户养猪、积肥、沤肥、家人用厕等几种功能，便于清扫。猪的进食、睡觉、活动、排泄，各得其所。管理既卫生又方便，也有利于猪的生长。

猪舍的上方是通往二楼的步行木梯。木梯的下方、猪圈的上方，做成一个与猪圈等面积的高度约 70 公分的搁架，可以放置农家必备的锄、耙、铲、筐、篮、桶、绳、簸箕等各种农具和收纳杂物。父亲在厕坑的南侧还围了一个约 3 平方米的羊圈。羊圈的上方搭成 60 公分高的阁层，可以存放饲羊用的干草等。

我不会忘记那养大的肥猪出栏捆扎时的号叫声；不会忘记母亲烧一大锅猪头猪杂是如何鲜美好吃；不会忘记初夏时节推倒绵羊在地，父母和大姐一起剪羊毛的情景；不会忘记母亲在父亲设计制造的木结构摇羊毛机上脚踏转轮，手捻羊毛自动进入一个旋转着的中空园轴中，毛线在离轴端 15 公分的另一个孔中自动出来就绕在外轴成毛线胚团的情景。

自家产的纯真羊毛，没有经过脱脂、软化等正规毛纺厂的工艺处理，由母亲和大姐、二姐编结的毛衣毛裤，我自小至大一直穿了几十年。直至当上爷爷，在妻儿的不断劝说下，才逐步淘汰不再穿着这些自产的又粗又硬又重的长穿不坏的毛衣裤。至于自家养的大公鸡、老母鸡在过年过节如何上了餐桌，自产鸡蛋平日如何单独的或和丝瓜、番茄、竹笋、豆瓣甚至咸菜一起进入我的口腹，可说是不值一提的了。

二是，有一个巧妙的设计方便搬东西上楼。自一楼搬物至二楼一般必经过楼梯，而这二楼的楼板中间有一处的楼板是带嵌槽且活动的，平时完全看不出来，在楼下往上用力一顶，这两块楼板就打开了，楼下之人只需将物品举过头顶，楼上之人伸手一拎就到二楼了，这种方便我亲历了无数次。完事后恢复原样，什么也不影响。

三是，二楼到三层阁之间不用楼梯。由于三层阁为贮物用，所以不常去，如用楼梯既占地方又费材料。父亲设计自做的大木床挂蚊帐的顶梁距三层阁10公分，而大木床西端的床架料子较好又坚固，是可以兼作梯子的。所以，往返三层贮取物品攀着床架上下就能解决了。我在家时经常在床架里攀上爬下，是不当一回事的。

四是，在走廊的顶上巧置了一个暗箱。老屋到新楼的连接处有不足2米的走廊，顶部无用且为常人所不注意。父亲将走廊顶部用木板做成一个暗箱，这个暗箱的开启处设在二楼南窗之下和地板之间。这里有一块看不出有什么特殊的竖板，手指插入下部某处往上一顶再往外一拉就能取下，左右板即可沿槽平行轻轻移出。暗箱平时存放一些易碎的瓷器和不常用重要之物——父亲做木工辛苦所得的钱物也藏在这里。做孩子的我们若是未经许可，是不会打开探看的。

第五个特点要数那扇特殊的南窗了。南窗较大，有四扇，造屋时由于乡村没有玻璃。父亲便将窗做成传统拼接花格式，既通风采光又安全。然而冬天透风，只能按传统办法贴上丝棉纸。解放后有了玻璃，父亲很快就装上了，什么也不用改动，仅加了两根小木条，几个小钉子，既明亮又传统。

六是，铁栅窗和月洞符合风水学。父亲造房的那个年代，风水先生的意见是不可不听的。父亲为了不犯风水之忌，又要保证楼房的通风采光和安全，便将西窗和北窗做成内有固定铁栅，外是白铁皮为面子的对开窗，结构十分牢固，安全又密封挡风。而东窗则是做成了一个正六边形的"月洞"，内置移板，开闭十分方便，既安全又通风采光。

还有一处能体现父亲是位不折不扣的"能工巧匠"的就是移动板壁了。父亲将二楼地板面和屋顶斜面横梁之间应有的板壁做成可活动移拆的，也不多用材料。用一字形旋具插入板壁内侧下部的一根两端带侧斜面的方木条下，往上撬，木条就活动了，斜面脱开后木条便可拿下；在外侧将此处一块约 40 公分宽、2 米长的木板往内一推，这块板便可取下了。左右的板平行往此板处移动，便都可以取下了，反之，也可逆序装上。春夏之时取下板壁，南北通风凉快；秋冬之季装上板壁，利于保暖和安全。

诸如此类的木工创新例子，据父老乡亲传讲，不胜枚举。同样一个木结构或一个木器件，一经父亲之手，便有别出心裁之处，让人有了惊喜和意外的满意。

我们家这座楼房，便是父亲自己的木工建筑样品，不用详细介绍，一看即知是何等的精巧和实用。父亲很快就成了远近皆知的能工巧匠。但父亲并不满足，为了保证做好多种多样的精巧木工细活，父亲自行设计制作了几十种工具，有刀口宽窄不同，形状各异的刨子、凿子，还有不同的锯子、钻头等等——这都是我目睹难忘的。

父亲千方百计为雇主省料、省钱、省工，手艺又好，因此木工活应接不暇，常常忙不过来。而有些"三脚猫"的木工常常没有活干，就上门来求父亲，希望带领着一起干，并甘当下手。就这样，父亲自然而成了"大师傅"。父亲身边常常围随着好几个木工，有的比父亲年长许多，都很服气地接受父亲的指派和安排。

当时，父亲还收了徒弟。时年父亲刚过 30 岁，徒弟 16 岁，是住家学徒，当年就睡在我家老屋的阁楼上。今年已 86 岁高龄的章炳南先生，是父亲的徒弟之一，至今与我一家同胞保持着良好的关系。由于他身体十分硬朗，也十分健谈，常主动往来，谈到父亲，谈到一起做木工的往事，口若悬河，滔滔不绝，感怀良多，也十分怀念师恩师德。

1949 年解放后，家乡人口增多，人们生活安定，农民子女求学人数成倍增加，使得家乡唯一的初中学校——安阳中学校舍不够使用，急需扩建。时任该校校长的张祖霖先生是父亲小学同班同学，亦是本乡人，对父亲较了解，便找到父亲，共同探索和商量。在那个年代，家乡连一条可以骑自行车的路都没有，要完成增建六个教室（原来老教室仅四个），新建能容纳 500 人的礼堂（兼作饭厅和体育房）及其他许多附属设施，是一个很大的工程了——也是安阳中学建校以来最大规模的扩建。张校长找不到在当时条件下愿意承担此工程的建筑设计所和工程队，在大中城市能找到，但由于距离远，交通运输极不方便，所以造价之高，可想而知。

张校长慧眼独具，他认为父亲是附近广大乡村手艺最高，口碑最好的木业建筑工匠。父亲又正值壮年，可担当此重任。父亲念及张校长是少年校友、同伴、同乡、同龄人，又都是农民子弟，也愿意和张校长一起共同为母校的兴盛发达做一点努力，为家乡的教育做一点贡献。就这样，父亲便承接了扩建安阳中学的整体工程——这是父亲工匠生涯中的一个最大工程。

安阳中学前身为安阳书院，历经70年至解放，所有建筑都是砖木结构，木制三角桁架式屋顶，砖墙木门窗，带有雕砖字墙的门厅，都是平房。解放初期，以建材供应格局和农村建筑条件，也只能如此。扩建是利用原有校园菜地——当然，也拆除了校园范围内临时性的草房茅舍。扩建要求是：整体风格和老建筑一致，校园整体和谐匹配，布局紧凑合理，使用方便，适应性好，造价低。

父亲领受重托之后，反复琢磨，出了几个方案，与校长商量。由于我家与张校长家只是一河之隔，绕过新溇桥，走过南街，是一片农田，行走在曲曲弯弯的田间土路上，只需一刻钟，就到了张校长家。在我幼时的记忆里，家中傍晚时分，常来一位衣衫整齐清洁的老师与父亲商谈，但听不懂说的是什么。老师走后，父亲沉思不语，有时用铅笔在纸上画些什么。父亲用石笔或粉笔在地上又画又划，一会儿又擦又改，一会儿又画上……晚饭过后，夜幕降临，父亲出门。母亲说，来的是张校长，父亲又去了张校长家了，商谈造房的事。

父亲出门时，常在手里握着一把木工斧头。那时我搞不清楚为什么单拿一把斧头,后来才知道,当时农村田间都是曲折小道,行人稀少,却常有黄鼠狼、蛇、狗或其他野物突然光顾,遇到不端之徒作恶挑衅,也可以壮胆和防身自卫。我不清楚父亲往张校长家跑了多少次,也从不知道他什么时候回家休息,因为那时我早已入梦乡了。

来来往往之间,校长和工匠在扩建校舍的方案、整体布局、建筑风格、结构式样以及费用组合、整体造价、施工期限等方面取得了一致。校长平易近人,毫无架子,是受乡民崇敬的中学校长;父亲是持艺行走乡间为民服务的平民工匠,为了共同的建设目标,却是无话不谈,推心置腹,校长与工匠,在不断深交的岁月里,成了挚友、朋友、知心,传为佳话。

砖木结构的建筑在农村不用水泥,也不用钢筋,而砖瓦石灰等建材均可就地取材,最主要最关键的建材就是木材了。选购木材是建造礼堂和教室最重要的工作,当仁不让由父亲承担。因为农村没有所需木材,父亲便多次往返无锡市区的木材市场。

时值初冬,但天气尚未转冷,父亲没穿防寒衣前去城里木材市场,在停放在宽阔河面的大木排上选材,从这一片木排到那一片木排,跳过去回过来,花了很多天。可天有不测风云,突然寒流袭来,滴水成冰。父亲为这一工程,忍着寒冻,呕心沥血,坚持到底,选购了适合工程需要的全部木材。父亲签下合同,一回到家就病倒了。张校长知道后,多次上门看望问候,帮忙请了郎中诊治。父亲恢复健康后,立即投入了这一工程的实地施工。

60 年前的农村都由工匠建房，不像现在的房舍，先由建筑设计师出图纸，再由施工员按图施工。安阳中学当时需扩建的整体工程都在父亲这个大师傅的脑子里存着，既没有系统的图纸，更没有施工员。父亲是这个工程的总设计师、制图员、施工员，还是总领班、监督和检查。父亲天不亮就上工地，事无巨细，桩桩件件安排、指派、示范、解释。亲自动手测量、计算、放样、拼搭、修正，带领一班工匠和徒弟，天天夜以继日地工作，常常是深更半夜才回家休息。

砖木结构建筑实际上主要是木结构建筑，所有柱、梁、椽在已建好的房基上落实构筑后，房子的轮廓就出来了，房子的可靠性、稳定性、安全性也由木结构的牢固和稳定程度决定了。木结构建好后，再由泥瓦匠依木构架砌墙、盖瓦、上纸筋石灰、铺地，木工同时将已按设计尺寸做好的门窗装配在木结构上，最后由漆匠进行油漆，房舍就完工了。

这个由父亲和众多工匠不辞辛劳共同努力完成的安阳中学扩建工程，是当时较大的建筑，达到了预期目标，立即用于学校扩大招生和教育，使用良好，好评不断。

工程很好地保护了安阳书院的历史风貌，新旧校舍风格一致，又便于师生生活和管理，适应全校学生从 200 个增加到 500个。礼堂位于所有教室和老师办公室的中间，礼堂周围包含着墙报、黑板报、告示栏的位置，有双杠、单杠、爬竿、爬绳、吊环等体育活动场地，礼堂还兼作饭厅和体育活动室；新建的六个教室有共同的走廊，比原有的四个教室更为宽敞明亮，每个教室可容50人，黑板更为宽大，老师讲课方便。全校所有房舍都有走廊相连通，夏避骄阳，冬挡风雪，南方雨天多，不用撑伞和换雨鞋，就可以方便地到达学校的任何一处房舍：教室、礼堂、饭厅、老师办公室、宿舍、厨房、门卫室，甚至厕所、仓库等。

我在安阳中学读书的三年中，深深体验到安阳校舍给我带来的方便和好处，也由此感念到父亲平凡人生之中的不平凡。安阳中学是父亲的母校，也是我们兄弟姐妹七人共同的母校。它让我们终生难忘——这是一方圣地。

岁月飞逝，父亲中年早逝，张校长亦已老去。父亲设计、亲手扩建的安阳中学为周围广大乡村子弟带来了方便求学的福祉，也成就了安阳中学成为一所历史名校。校长和工匠殚精竭虑、呕心沥血、千辛万苦扩建成的安阳中学，历经数十年风雨，仍屹立不动，使用安全完好。

安阳中学历经多次政治风云和体制变迁，特别是改革开放后，学校招生近千人，不得不再扩建校舍，甚至填平了部分护校河，在周边农田新建了多幢五六层的楼宇校舍，同时拆除了张校长和父亲那个时代建造的有历史风貌的建筑。幸运的是，明朝的石拱小桥没有倒塌，清朝时带有"安阳书院"匾额的最古老的20多间有砖雕和字刻的房舍没有拆毁，书院门前两棵高耸穿天的百年巨大银杏依然茂盛，春夏满树青翠，秋天雌树硕果累累。

近年来，在"尊重历史，保护古迹，不忘传统，重视教育"

的思想观念影响下，地方政府和学校领导十分重视这块文化宝地，要将安阳书院恢复，争取与无锡市区的东林书院齐名，建成一个有影响的教育基地和文化历史纪念地。为此，多方集资、集捐，拨巨款整修和重建了最古老的20多间校舍，修旧如旧，地上重新铺设了大方砖，还新建了孔子纪念堂、荷花池和凉亭等，将原有的教室、教师办公室、宿舍改建成国学讲堂、安阳中学校史陈列室等。十分幸运的是，我的父亲作为1924届的校友，又是为安阳中学的建设和发展做过具体贡献的一员，在校史陈列室中，有了一个单列的专门橱柜，展出了父亲作为木业工匠曾经用过的十几件工具，有刨子、凿子和手动木工钻具等。父亲的儿女，我和大姐、哥哥、二姐的毕业证书，大妹的成绩报告单，大姐和哥哥的工作照在校史陈列室中也都占有一席之地。

在安阳中学（现名阳山中学）128周年校庆的厚重纪念册中，哥哥、大姐、二姐和我已作为1953、1954、1956、1957届的著名校友，并载有照片和纪念文章。2012年4月7日，阳山中学130周年校庆，大姐、哥哥、二姐和我都受到特别邀请，大妹、弟弟和小妹也受到邀请，作为阳山中学历史上和周围广大农村难得的"耕读人家"同胞子弟，一起赴会，同桌聚餐，举杯共祝校运昌盛。哥哥因年事已高且在美国女儿处未到，六同胞都到了，老大、老三、老五伉俪皆到（老三、老五伉俪都是校友），老三还带着孩子。同胞们相聚，一起漫步安阳古老校园，观览校史陈列，感恩母校，感念父亲，共祝校庆，书院依旧，青山不老，师恩深深。没有父亲、没有安阳书院，就没有我们的今天。父亲平时话语不多，是以他作为普通农夫、木业工匠的实际行为，美好的品格，深邃的思想，潜移默化地影响、教化、感悟并塑造着我们，成就了我们。

六 面对人生的不幸

　　1954 年夏，中年丧偶，少年丧父的灾难同时降临到时年不足 40 周岁的母亲和她的七个儿女（应是八个，二妹时已送人抚养了）身上。当时七个儿女的情况是：老大（刚满 20 岁）、老二参军离家，老三、老四才上初中，老五刚上小学，老八仅 3 岁，老九出生 3 个月，嗷嗷待哺。

　　母亲原是村姑，自做了妻子和母亲，一直"主内"，不断为增多的子女操劳，不断为增加的嘴巴料理一日三餐，为儿女缝制编结衣裤鞋帽，同时还要饲猪养羊喂鸡……以她淳厚、勤劳、俭朴、纯真的品格尽心尽责地做好被父亲所称的"内人"。外面的一切，不光是父亲木业工匠诸事，就是自家田地的农事，家庭无论什么用途，需要花钱的事，母亲一概无须操心，不用过问，都是由父亲这个顶梁柱扛着，处理得妥妥帖帖。父亲健在，一家人安安稳稳，风平浪静，按当时农村的水准，也是"小康"生活了。

　　顶梁柱突然倾倒没有了，这个家怎么办？母亲身为农妇，却不下田地，连自家的十多亩田地在什么位置，大小如何，有几处都不知道。老大、老二参军由国家管了，面对身边从大到小，加上自己的共六张嘴。所有田地怎么耕种？六张嘴如何喂？面对这一切，对一个沉浸在无比伤痛中的弱女子，是一种什么样的景象啊？

母亲后来坦言，她一直心神不宁，千思万虑，无能为力，心中的恐惧和害怕压倒了一切，她想逃避这痛定思痛、越思越痛的命运，她想脱身离开，她想到一了百了！但一看到幼小的孩子们的天真无邪与可爱，她的心软了下来，她没有尽到责任就想离开，还能算有良心的人吗？还能算是个母亲吗？她又想到丈夫临终的千叮万嘱，实实在在的交代，不去完成和实现这些嘱托和遗愿，还能算是像样的女人和妻子吗？能向祖宗和后代交代吗？

母亲在阴阳界上的彷徨、徘徊，我们都是处在浑浑噩噩不懂事的年岁。母亲对儿女们，却难以言说，只能偷偷哭泣和伤悲。这一点她后来说得很透彻，孩子们已经失去了父亲了，难道还要忍心让孩子们失去母亲吗？

父亲下棺浅葬后，母亲按习俗带领孩子们一次又一次给父亲上坟，跪拜叩头，头七至五七逐渐过去了，表面有了一些平静。

母亲不断得到自己同胞（两个弟弟、一个妹妹，即我的舅父、姨妈）的宽慰和实际帮助。自己的父亲（我的外祖父）年逾六旬，身体硬朗，也常来帮助我家。我记得最深刻的一件事：在大桃园深埋父亲的次年清明节前，我的外公来为父亲堆修坟墓，我参加一起干了，但毕竟年少不知事啊！至今只记得母亲流着泪说过的

一句话："丈人给女婿做坟,是真正的作孽啊!"外公只回了一句:
"不要多想,忍着过吧!"我的小舅父会做木工,为了我家的安
全和保暖,专门来为我家重做了老屋(作客堂饭厅)的南门。大
舅父来帮助我家干活,对母亲说:"忍,就是心上插上一把刀,
再苦再难,也要过下去,活下去,过日子,儿女大了就有望了。"

带一群孩子居孀,当时,有一种愚昧却流行的悖理:女人命
硬克夫。由此,往往对孀妇有一种不言而喻的压力和打击,表现
在人们的目光里是一种漠视、轻蔑,甚至是鄙视。路遇孀妇要远
而避之,不可理睬,甚至把孀妇,特别是带着几个孩子,更有哺
乳孩子的孀妇看作不祥之物。正如伟人鲁迅在《祝福》中所描述
的那样:"死了男人的女人,婚庆、祝寿、建造房屋上梁等事是
不能参加的,祭祀、拜祖、过年祝福等活动,哪怕是宰鸡杀鱼和
洗漱之类下等人干的事也是不能沾手的。"

母亲面对这一切,无言可说,更无处可讲,就是一个字:忍,
忍而又忍!心里有天大的委屈,也不在儿女面前表现出来,为了
孩子的自尊和纯洁心灵,都一言不发,反而强颜镇静,鼓励孩子
们努力学习,立志争气。

母亲少年时受传统顽固势力的影响,包过小脚,后经反抗放
了,但脚趾还是受到了摧残,中脚趾到小脚趾还是被弯曲压逼在
脚底部,脚的前掌无法用力,多走路就会疼痛,主要靠脚跟走路。
婚后不下田,在家干家务、带孩子未造成多大困难,现在顶梁柱
没有了,但自家旱地里种的蔬菜总是要浇水施肥的。我刚上初中,

个子矮小，难做此事。母亲婚后从未挑重物的肩膀便勇敢地担起了水和粪，重担在肩，只能靠脚后跟走路，扭扭歪歪，样子难看。这是母亲面对生活种种困难，不惧人们异样目光及戚戚话语，跨出艰难的一步。

母亲开始担水浇菜，毕竟女子力气小，只能装半桶，可半担水也有六七十斤重啊。挑粪，一般而言，那是男子的事，比水担更重，而且女子挑粪常会引起不干不净的闲言碎语。一次，母亲挑了半担粪往自家菜地送，路过一村民门前，身后的扁担头被晾在外面的被风吹起的一件衣物带住了，尴尬之中，看到的人不说，反是嬉笑，也不上来帮助解脱，反而说些不堪入耳的话。而母亲又担心放下担来会把衣物扯坏弄脏了，幸好后来在轻轻摆动下脱开了。母亲又气又愤又伤心。我放学回家后，看着母亲，竟然无言以对。我只有暗下决心，自己是个男子汉，无论如何，不论轻重，粪担应当由我来挑。我很快就做到了，解除了母亲"小脚挑粪"的磨难。

自家的菜地兼桃园距家两三百米，成了母亲几乎每天都要去的地方。母亲毕竟村姑出身，料理菜地的农活也不算太重，还能应付过来。种稻麦的水田共约 10 亩，分布在远近不同的十个地方，大小不等，近的 200 米，远的几里地，母亲由于小脚，下水田行动很不方便，加上儿女多家务重，原来不下地，就认不得自家的田地。现在，一家担子全压在她身上，在家的五个儿女中老三（我的二姐，比我大 3 岁）最大，她因常下地干活，十分清楚。

母亲就在老三的带领下逐一具体地确认了每一块地，摸清每块地作物的生长情况，做到心中有数。由于老大、老二的参军，我家成了"双军属"，按当时政策，应由政府组织当地劳力"代耕、代种、代收"，直至脱粒进仓，这就极大地帮助了一筹莫展的母亲。记得那年深秋，已将稻谷碾成的白米装船送到我家门口的小码头上，大人们肩扛上岸送入我家，我是在用竹制站条围成的囤中收米，自家土地上产的粮食全部进了家，要吃上一年。

由于桃园的蔬菜长得好，腌的咸菜自给有余，母亲便提篮上新溇小街上卖，价格既便宜，斤两又足，母亲常常还要多给买主一点。母亲也经常提着鸡蛋到街上卖，以换取一点小钱购买盐、肥皂、火柴等必需品。

父亲走后，由于没有了现金收入，我们就很少吃到荤菜了。早晚饭的菜是自制咸菜，冬天地里的菜长得慢，中饭的菜往往是咸菜汤，最多加些豆瓣，好的时候有鸡蛋花，上面滴上几滴油，就成了下饭的好菜。在"大跃进"以前的岁月里，家中生活虽然清苦简单，我和同胞在母亲的精心操持关爱之下，没有饿过肚子。

母亲在父亲走后很快坚强起来，以她无比坚韧忍耐的品格面对生活，把五个孩子的生活安排得简单有序，虽仅有温饱，但孩子们都能健康成长；管理照料十多亩地的稻麦田和两处桃园兼菜地，不使荒芜而能正常产出，供应了六张嘴的粮食和蔬菜……回忆这一切，我看到了一个弱女子的宝贵品格，琐碎平凡的乡野生活里呈现了一颗坚韧顽强、真挚不凡的伟大爱心。

七　面对儿女的求学

母亲由于自己未能接受正规学校教育，故常叨念："一字不识，两眼漆黑，吃苦受累，不会完结。"母亲深知上学读书接受教育对人一生的影响有多么重要，所以她鼓励支持所有孩子都要多读书、读好书。母亲和父亲一样，都深刻认识到：立足于人世必须要有一技之长，这样才能真正得到尊重，才会有生活的本钱。

母亲婚后每三年增加一个孩子，到大姐小学毕业时，已是有三女二男共五个孩子的母亲了。可以想知，母亲有多辛苦和忙碌。父亲受传统思想和农村习俗的影响，总认为女孩最终是人家的人，多读书对其本人固然好，但家务这么多，弟妹需要有人照看，忙不过来，已初长成人花季年龄（14岁）的大姐小学毕业，就决定不再升学了。客观地讲，当时农村女孩不上学的很多，大姐已有小学毕业文化，与父亲一样了，能看能写又会算，已经算不错了。女孩并非出身书香门第，一般都不升中学了。在家中多帮助父母，又能向母亲好好学会女红和料理饭食家务，再过几年，就能塑造成一块如母亲那样的好材料，找一个门当户对的人家，当贤妻良母，就是正路。这种观念，在当时被看作正统。就这样，大姐从14岁到18岁，整整四年中断了学业，成了名实相符的村姑。

据大姐回忆，虽在家劳作，却简直无所事事，浑浑噩噩，过一天算一天。自己也无目标，看不到方向，认为一个人活着不容易，要活得好更不容易。在农村当一个农民实在是累，而生活又真是苦。当时，她脑海中虽没有"知识改变命运"的至理名言，却早就产生了要改变自己命运的想法，不愿意"脸朝黄土背朝天"，不愿意在农村里虚度一生——要努力争取，要升学读书，不仅仅是为了谋生，而是为了创造自己所追求的生活。

大姐是母亲的长女，知心知底，母女天天相处，大姐充分说理，不断抗争。母亲终于为大姐的执着所感动，认为这也是"妇女解放"，不能因为帮助带领弟妹和帮做家务而耽误了前途。况且大姐读小学时，成绩一直名列前茅，还跳了一级，六年小学只用五年就毕业。母亲认为大姐继续升学肯定能把书读好，会有出息。于是，母亲帮着大姐做父亲的工作，说："女孩儿家只要脑子好，做衣、做鞋、烧饭、做菜、带孩子都不是难事，很快就能学会的。"还表扬大姐结毛衣又快又好花样又多，不知从哪里学来的。母亲还对父亲说："我睁眼瞎不识字无知识，吃一辈子苦，我们的孩子都不能像我。大女儿要多读书总是好事，说不定将来会有大出息，好前途，总比在农村只会种田强，即使不会做衣服，可以买现成的；无时间做鞋子，可以买皮鞋穿；即使做不了饭菜，到外面就吃食堂。"父亲终于为母女连心、真情实意所感动，想想母亲说得也是有理，就同意了大姐上中学。但大姐已辍学四年，能否考上是个难题，当时安阳中学的校长张祖霖先生是父亲幼时读书的同学，原本了解和熟悉，听了父母所说大姐的情况，了解了大姐小学时的情况和成绩，认为大姐是"才女"，网开一面，亲自拍板未经入学考试就让大姐坐进了安阳中学的初一教室。大姐感恩，入学后非常努力，学业优良，每学期的学习成绩都在班级的前五名之内。

哥哥是长子，比大姐小3岁，却比大姐高一个年级。解放后社会对文化的要求趋高，男孩子自应多读点书。哥哥小学毕业就直接考入了安阳中学，1953年哥哥初中毕业，1954年大姐初中毕业。时值国家实行第一个"五年计划"，百业待举，需要培养中学生成为国家急需的人才。由于姐弟俩各方面条件较好，表现好，学习成绩也好，都是青年团员，学校有推荐毕业生从军当文化技术兵的名额，大姐和哥哥都得到推荐，经体检合格，都参军了。

母亲在对待长子、长女参军这件事上，与父亲有很大的认识差距。在当时农村还流传有"好男不当兵，好女不参军"的陈腐思想和习惯影响，母亲虽无文化，却目光深远，胸襟博大，认识到当时招收中学生入伍是继续求学和深造的大好机会；既满足军队建设需要，又争取到个人前途，这样利国利民又利己的好事对一个农村孩子实在难得，并非每一个中学生都轮得到。既然长子、长女有条件得到，且身体合格，机不可失，时不再来，一生难逢啊！明确表态"支持"。而父亲的犹豫徘徊主要还出自"小家"的考虑，认为长子是要继承父业、担当家庭重任的，并给弟妹做榜样的，弟妹还小，大哥离家了，就有"后继无人"的担忧和苦恼；认为长女是老大，也是要给弟妹做个样子的，又是母亲的左膀右臂，参军离家了，母亲会更忙碌，照顾不过来，更因为大姐参军前几年，受媒妁之言，父母之命，说了一门亲事。当时大姐已经到了谈婚论嫁的年龄了，参军就是远走高飞，这件事怎么办？而大姐坚定地表示，不用父母担心，自己会处理的。父亲虽有想法，却得不到认同，思想辗转反侧之中，也觉得顺从母子、母女的想法和做法或许更好。就这样，亲姐弟先后一年都成了军人，成了军事院校的学生。哥哥参军后，父亲专程去南京、青岛的部队探亲两次，亲眼所见，从军也是学艺，亲身体验，部队的生活也很好，从此，心绪安定了许多。姐弟参军，我家成了"双军属"，这在当时的十里八里乡，几乎是没有的。

母亲支持大姐、哥哥的求学和从军之路，姐弟俩用几十年的努力和成绩对母亲作了最好的回答。大姐在医疗战线上为部队服务到退休，成为高级护师（副师级），哥哥从部队复员后，成了厂长、处长、高级工程师。他们现都是儿孙绕膝、满头银发了，说到这些，都感恩母亲的睿智、豁达，感恩母亲的博大、真爱。

父亲离世后，哥哥和大姐虽已成年，虽只是个"兵"，但都自觉地担当起"长兄如父"、"大姐似母"的艰难责任。他们节衣缩食，千方百计支持母亲，鼓励所有弟妹求学上进，保证了二姐和我能够同在安阳中学读初中。

岁月飞逝，1956年夏，二姐初中毕业；1957年夏，我也初中毕业了。初中毕业不升学，就只能当农民，现在回忆当初未升学的绝大多数同级同班同学，无一例外。军队院校也没有来招收新兵，我身体不好，因自小患中耳炎，听觉较差，身体也不会合格。二姐和我都没有"参军"这条路。母亲知道我俩的功课尚好，便叫我俩写信与当兵的大姐、哥哥商量，他们一致同意支持我俩升学上高中，并表示继续全力支持（部队发的每个月零用钱都省下来帮助我们）。所幸我俩没有辜负母亲和兄姐的期望，在初中升高中考试录取率很低的博弈中，先后一年都被离家十多里地的重点高中——无锡县中学录取了，姐弟俩又在同一所学校求学了。

1958年，"大跃进"浪潮席卷大地，不可阻挡的大话、虚话、空话、浮话到处飞，形式主义、表面文章盛行，二姐和我在"勤工俭学"的热潮中再也没法在寄宿学校读书了。母亲每天三四点钟起床为一家做早饭，并为我姐弟俩准备好带到学校去吃的中饭。我和二姐每天起早带晚各跑十几里路上学和回家。特别在黄梅季节，天天风里来雨里去，在泥泞的田间土路上艰难跋涉，担惊受怕地走过摇摇晃晃宽不足二尺、下有深河的几座小木桥，走过连桥板都不全的长木桥。在大风横雨中，我们即使撑着雨伞，常常还是裤袜全湿、衣衫半湿，而到校之后又没法更换。我们回到家时常是六七点钟，吃完晚饭又要做功课到很晚，早晨不到5点让母亲叫醒起床吃早饭赶路。在难以计数的如此折腾中，加之严重缺少睡眠，风雨之寒湿侵入机体便得不到散发，我因此突然病倒了。当天全身高热，晚上睡在寄宿同学的床上，第二天好不容易挣扎回到家，就卧床不起。很快，我就脊柱强直，四肢抽搐，无法伸展，甚至口吐白沫，连话也不会说，神志不清——已经是濒临死亡了。

这可把母亲吓坏了，父亲才走不到四年，眼看着这个将长大成人的儿子病成这个样子，母亲心如刀绞，忙令二姐也停学在家帮忙。母亲到处哭求设法给我治病，幸有知情的好心人指点，不可耽误赶快送无锡市大医院。当时家乡不通公路，轮船仅一天一班，又不能带重病人。幸好村上有一位曾在船上生活过的农民，母亲立即请他将我抬上小船，由母亲陪着将我连夜急送无锡市内。无锡市第一人民医院立即收我入院，十分幸运，遇到了两位医术高明的医师，找到了病源，立即全身麻醉进行耳部大手术，术后昏迷了一周，解除了死亡的威胁。半个多月后二次手术，将左大腿内侧的皮剥下来植入左耳内。我的运气太好了，由中耳炎最危险的并发症胆脂瘤引起的脑膜炎到了病危阶段，不但命救过来了，而且没有留下什么后遗症，还了我一个原来的自己。

为了我的病，母亲天天侍候着，晚上就在病床边躺在地打个盹，还让二姐请假停学陪我。为补充大手术后的失血，血型与我相同的二姐为我输了血。母亲又要顾及家中三个弟妹的生活，两头奔走，精疲力竭啊！因是急症，又为节省费用，不到两个月就出院回家了，但仍需每周门诊观察继续治疗和用药。我高一的学业无法继续，只能休学在家养病。母亲念我 16 岁的身体亏损太多，又没有钱购买营养补品，家中养的兔子和鸡令我宰杀，只准我一人独享，三个月后，我的身体基本恢复了。这场大病，让经济十分拮据的一家雪上加霜——全家人都围着我转，还用完了哥哥由部队到地方的转业费几百元，同时又给母亲带来了一次铭心刻骨的惊吓和磨难。虽然半个多世纪过去了，每当我看到镜子中自己没有走样的左耳，摸到耳后的刀疤和瘪塌的颅骨，我就会不由自主地想起以上的一切，也是刻骨铭心的痛啊！若是没有母亲和二姐，为我的健康殚精竭虑、日夜奔波、任劳任怨，也许早就没有了我。此恩此情，没齿不忘。二姐与母亲一样，淳厚朴实，从不提起为我所做的奉献和付出。别人提起，也只是淡然一言："这是应该的。"

那个年代，"一天等于二十年"挂在嘴上，天天大喊大叫。我是十六七岁的青年，不上学在家中吃喝，不管你是不是病，反正看样子是没病了，也不管你是不是因病休学在家养息的。在那个没有正经道理可以说得清楚的年代，"鼓足干劲生产，放开肚皮吃饭"，你不参加劳动，你一家就不能到食堂吃饭。就这样，我无奈地和乡亲们一起参加了"大兵团作战"，带着被铺随大队行动，日夜奋战，白天割稻，挑担上场，脱粒打谷；夜晚，打着手电筒深耕翻地，就是挖地三尺，把上面的熟土翻下去，把下面的生土翻上来——理由是耕得愈深，种得愈密，产量放的卫星就愈高。这不是说笑话，谁不理解就是反对"大跃进"，反对"三面红旗"……否则，亩产的卫星哪会放高到136000斤！口号就是"人有多大胆，地有多大产"，"不怕做不到，就怕想不到，只要能想到，一定能做到"！不是我的脑子记性好，而是那种轻浮夸张是如此登峰造极，烙在我脑海的印记实在太深，又是在夜以继日地出大力流大汗中形成的，即使过去了半个多世纪，也磨灭不去啊！

接近隆冬，麦子早已种完，农田上的事没有了。"大兵团"浩浩荡荡开赴水利工地，那是沟通长江和太湖的直湖港开挖疏浚工地。沿河有多少个人民公社，就集中有多少万千公社社员在那里。人潮汹涌，红旗招展，大喇叭里放着充满激情的嘹亮声音，人们分大队、中队、小队分别集中住在两岸农家，大锅烧菜，大碗吃饭，吃得下多少就可以吃多少，就是要你"鼓足干劲，力争上游"啊！河岸两边，黑压压的无数人头在移动。我弓着腰，肩拉着三米长的粗绳，拖着装满河底泥土的沉重小车，在毛竹做成的两条轨道中，踩踏着高低不平的泥地，一步一步往上移，后面还有一个或两个人帮着推；有时，肩挑两筐土沿着没有道路的斜坡奋力往上攀登；有时，手拿镐或锄或铲在冰冻坚硬如石的河底奋力砍，又用铁锹、铁棍锥子凿……大喇叭里不停地放着嘹亮的鼓足干劲，豪气冲天的歌。真是热火朝天，人海沸腾，动地感天啊！人山人海，连绵不断，奔腾浩荡，前看不到头，后见不到尾，天地间少有的壮观啊！

除夕的前一天，在飘着小雨夹雪的朔风中，人们还在工地战斗。傍晚，大家穿着湿漉漉的薄棉衣回到集宿地，吃了一顿难得有荤菜（红烧肉）的大锅饭。头头儿宣布解散这个战斗队，第二天放假可以回家过春节了。性急的村民听完宣布就收拾个人铺盖，两三人一伙摸黑步行 20 里地回家了。我们几个年轻人因累了，又无老婆孩子，相约睡一晚等天亮了再回家。我因年轻好睡，除夕一早醒来，空荡的稻草大地铺上就我一个人了，赶紧收拾上路。阴沉的天空里下起了雨雪，我没有雨衣，从路边的稻草垛上扯了一大把干稻草，在穗部紧紧扎成一把，散开往头上一顶，在眼睛处弄条往外看路的缝隙，就当雨衣了。

回家的 20 里路，我一个人未独自走过，不太熟悉，路上边行边问。因已是除夕，田野里少有行人，一个人在湿滑和泥泞的乡间道路上匆匆奔走，归心似箭，脑海中却一片空白，凄苦荒凉。不知走过了多少旁有深河的小径，跨过多少没有护栏的小桥，到中午吃饭时分总算回到了家。一个还滴着水的稻草活人出现在母亲面前，母亲惊喜地哭叫喊着："你怎么到这时才回来！有的昨夜到了，今天到的也是 9 点多钟，我到处问，都说不知道，你这样，吓煞我了。"母亲的担心不无道理，整个冬天三个月在"大兵团作战"，音讯全无。我是年龄最小的一个，有消息说过年可以回家了，天这么冷，路滑不好走，我又不会游泳，一旦出事，田野里行人稀少，便无救了。母亲接下已半湿的被铺卷，给我更衣，烧热水擦洗，又烧姜茶，总算一家六人到齐可以过年了。二姐说，过年复学的事我联系好了，休学时间到了，春节后你插班上高一下学期。

生病休学的经历是从高一下学期第十周开始的，实际停课一个半学期。半年多时间里"大跃进"生活的实际体验，比上学几年得到的感悟还要生动深刻，给我的历练和体悟是读多少年书也收获不到的，这是我求学路上插入的一幕精彩话剧。为此，又让母亲为我牵肠挂肚，担惊受怕，日夜思念，母亲应该也是这幕生动话剧的主角。

由于我休学一年，原来我比二姐低一个年级，我复学时，就差两个年级了。我上高一下，二姐已上高三下了。二姐各方面表现好，早两年中苏两国关系尚好，在重点高中就读的二姐曾作为公费留苏的预备生，后来中苏关系转冷，二姐没有这条路了，高中毕业不进大学深造，农家的孩子仍是回家种地。母亲和大姐、哥哥商量后，都力主二姐考大学。二姐是好样的，在录取率不高的情况下，考上了重点大学——南京药学院本科，成了一名大学生。两年后的 1961 年夏，我也高中毕业了，唯一的好出路就是向二姐学习。时值困难时期，国家采取"调整、巩固、充实、提高"的总方针，在那年，重点高中毕业生的升学率约十分之一，我幸运地考上了三年制的工业大学。农村一个家庭，在困难时期，又是农家孀妇的两个孩子，同时上了大学，很快传遍了乡里，这种几乎没有出现过的事，引来了称赞、羡慕、妒忌、猜疑、冷观、看笑话，什么样的都有。母亲为儿女的争气由衷高兴，把欣慰只是深深地埋在心底，只对我俩说："再难再苦，姐弟俩也要把大学的书读好，不要给家里，给自己丢脸。"

我上大学临出家门，母亲没有远送，谆谆说了一句："不要自眼勿见背！"这是当地话，意即：要懂得自己的眼睛是看不到自己背部情况的道理，简单的大白话就是：人贵有自知之明。母亲此话含义之深我会终生不忘。的确，母亲要我明白自己是怎样的一个人，来自何处，要学做怎样的人。

我是扛着用自缝的旧麻袋装的铺盖卷，提着哥哥留下的旧纸板箱，内装一些旧衣服（没有一件新买或新做的衣物），母亲只给了我够交书本费的钱，踏上大学之路的。下车后，坐不起三轮车，肩扛麻袋包，手提纸箱，步行好几里路到校报到。交完书本费，几乎身无分文了，我只能找系里的领导汇报自己的困难。

领导翻看了我的档案，问："你当农民的妈妈现带五个孩子都在上学吗？"

我答："两个大学，一个中学，两个小学。"

就这样，学校免去了我的学费，每月膳食费也由国家负担。我十分感恩和感谢这一切，让我能安心地在大学校园当一名学子。

星期天，同学们三三两两到市内散心，我囊中羞涩（从上小学至今都如此），不去凑热闹，便独来独往于偌大校园空荡荡的教室和图书馆，找一个位子，静心读书和做笔记。放暑假、寒假回家前，才由哥哥和大姐从微薄的薪水中给我寄来一点路费。

很快，三年就过去了，那时还由国家分配，我被选送到江苏省公安厅，用现在的说法，就是已经当上"公务员"了。一个专业就选了我一个，整个系仅两个。我既非干部子弟，又不是党员，论成绩，还不够拔尖，分配方案一公布，我排在第一位，连我自己也不敢相信，惴惴不安地问班主任，他说："这是真的，你根子好，作风也好，各方面不错，才选上。"我才明白我自己是这样的"根正苗好"啊！就这样，我走上了公安司法系统的工作岗位。上一年二姐大学毕业，分配到湖南常德，当上医院的药剂师。

从老大到老四，一个农民家，七同胞中，二人参军工作，二人大学毕业工作，这时已有四人在城市工作了。母亲认为这四个儿女初步学会了做人，明白道理，认真努力，是孜孜不倦求学的结果。其实，没有母亲这个坚强的后盾，没有母亲含辛茹苦，忘我地全心全力的支持，没有母亲毫不动摇地坚持父亲的遗愿，培养儿女成材的坚定志向，我们四人在那个年代的农村，求学和生活之路完全不会这样。在20世纪60年代初的农村，一家人有四同胞有如此"出息"，实为罕见。"出息"不胫而走，传遍十里八乡，加上父亲生前口碑皆好，我家为众多乡亲所称颂、赞扬、羡慕，是成功的"耕读人家"了。母亲为之得到了无以言喻的满足和幸福，心中充满愉悦和欣慰，却仍然不敢懈怠，未有沾沾自喜。儿女同胞七人中还有三人（大妹、弟弟、小妹）还在中、小学读书，前途未卜，未有结果，母亲把注意力集中到三个弟妹身上，要求从不放松，不断鞭策，对弟妹说："兄姐就是你们的榜样。"

大妹也许受兄姐的影响，也是母亲的激励，学习非常勤奋，所有功课都要争第一，初中和高中是在二姐和我求学的同一中学读书。大妹初中六个学期的成绩都名列前茅，是当时安阳中学小有名气的"才女"。上高中后，也许是太用功，太不甘落后，太累的缘故，身体不适反而休学了一年，至1966年毕业，恰逢"文革"动乱，浩劫一到，彻底中断了大妹继续深造之路，只能就地革命，当农民，下地干各种农活，跟母亲学女红。母亲教导所有女儿都有这样一句话："在农村，女孩儿要学点本事，手里要有点技艺，要立志不依靠男人过日子！"大妹对此心领神会，在家什么都学什么都干。她有一天扎一双高质量鞋底的本事，这在村姑农妇中难觅如此高手。她还当过新渎桥街镇商店的会计。"文革"之风紧吹不息，她的大学之梦在心灰意懒中湮灭了，年岁渐大，又为同乡校友的大学毕业生相中，就成婚了。到女儿5岁时，1978年恢复高考，大妹兴奋异常，在母亲支持关怀下，已经34岁的她在两三个月中夜以继日地复习，凭借中学阶段打下的深厚功底，考上了大学，幸福地圆了大学梦。毕业后当上了中学语文教师，退休前成为高级教师，也进了城。大妹在母亲支持下的求学成功之路，在她同时代、同背景的农村同学中，当了农妇有了孩子还能飞出去，也是罕见。

弟弟是1966届的安阳中学初中毕业生，也考入无锡县中学的高中部学习。"文革"之中的学校，老师难以好好教，学生更不能好好学。"要无产阶级的革命,不要资产阶级的知识。"读书是真正的无用了啊!弟弟受此影响,认为读了书是种田,不读书也是种田,就学有的同学那样,既省钱,又不费脑筋,当了真正的革命派。弟弟在高一上了几个星期的课,自愿退学,就回家种了"革命田"。母亲对此深感不解,在此种大气候大环境中,无力回天,母亲辗转反侧,深思熟虑后,对弟弟坚定地说:"不读书,不学习,但必须学艺。愿意当农民也可以,但必须学父亲那样有一门手艺。"在兄姐的支持下,母亲拿出曾经是师母的身份,亲自找父亲当年的高徒章炳南先生,把弟弟交给他,当他的徒弟,学习当木业工匠——也算是子承父业了。两三年后学有所成,技艺虽不如当年父亲,但毕竟也有一技之长,多了一条生活出路。就这样,弟弟一直相守故土,与田地为伴,兼做木匠,后来又进了工厂工作,长期担任生产队长。

小妹是 1969 届的初中毕业生,她说没有好好读上几天书,反正就是回家修地球了。她谨遵母亲"不靠男人过日子"的志气,心灵手巧,母亲会干的女红、烹饪及种蔬菜等她都会,甚至干得更快更好,母亲不会干的,她也学着干,成了一个非常能干的农村姑娘。我的五个姐妹,秉承母亲的天性,接受母亲的教诲,都会做衣服、编织;家中都有缝纫机,一般的衣裤或缝补拼接等,都不求人,不出家门都搞定了。小妹的裁剪缝纫水平、编织衣服的本领是五姐妹中最高的,既快又好。所有同胞和儿孙们的身上,都有她制作的衣服和编结的毛衣,少则几件,多则数十件。婚后,在婆家办起了家庭缝纫铺，专门给附近村民男女老幼缝制各种衣物，也小有名气了。后来，凭借她的心灵手巧、厨艺不凡、能写会算，进了事业单位工作，现在也获得了一份退休待遇。

　　母亲的八个儿女，除二妹在3岁时过继殷家外，七同胞都是在母亲的关怀下走上成人之路，走上工作岗位和成家并养育子女的。母亲关爱儿女的主要方法，就是千方百计让孩子求学、读书明理，还要学手艺，学会做人，学会工作的本领。回忆往昔，与母亲生活在一起的所有点点滴滴，母亲和父亲一样，从来不与儿女们谈论什么东西好吃，什么东西好喝，什么地方好玩，什么东西喜欢，什么衣服穿着舒服神气，什么饰品打扮漂亮。这种秉性也传给了我，我也不谈论吃喝穿戴和寻欢玩乐，认为这些并不是人生价值所在，对于短暂的一生也没有多大意义。母亲认为"为人当尽人道"，农妇之道就是"相夫有术，教子有方"。在农家，人道就是"正路耕与读，做人勤与俭"。让所有儿女成人成材是母亲最大的追求，一生孜孜以求的目标。母亲完全成功了，一个没有进过一天学校的村姑，一个不到40岁就带领众儿女孀居的农妇，能够成就众儿女的今天，是真正的不凡，是真正人生的光辉灿烂，是真正的幕后英雄，是真正的功德无量。

八　面对生活的困苦

在一片跃进声中，早日建成共产主义的余音尚未散去，"七分人祸三分天灾"的报应就接踵而至了，给母亲和我们带来了难言的困惑和生活苦难。

我们一家本好好地生活在父亲亲手建造的楼舍中，不知是什么魔力驱使，要我寡母孤儿一家搬出祖居，让出这片土地，办什么"一天等于二十年"的早日实现共产主义的伟大工程。在巨大压力之下，1959 年夏，母亲恋恋不舍地带着儿女离开祖居，搬入一处拥挤的地板已经塌坏了的两间平房——面积还不到原居的一半，没有厨房，也没有厕所。村东 11 户人家，都是这样被迫搬家的。家家都有一本难念的经，却没有一家敢于违抗，敢于不搬的。哪怕是我家东邻盛家，刚造好了给儿子结婚用的新房，也要立即搬出。

世代居住的房舍无偿交出，完全不让房主有一点申述和要求，完全不属于自己，且再也回不来了，我心中有很大的愤慨，这不就是明目张胆的掠夺吗？后来才明白有一个雅词叫"一平二调"。那时，我拿着父亲留下的木工工具，拆卸前面老屋的阁楼，才拆了两块板，母亲来阻止，说："后面整幢新楼都给了，还计较这老阁楼吗？"我说："拆下来可整修现在搬入住的破地板，反正是平房，阁楼不用留给他们！"母亲急了，说："他们会给你一个'破坏'的罪名，你胳膊能拧得过大腿吗？你年轻不要不知利害！"还说："现在家中一粒米也没有，到食堂领饭就是吃他们的，你还想吃饭吗？！"就这样，我压下心中的愤愤不平，放下了手中的工具。

说到"米"的事，那是在 1958 年初冬，我还在因病休学期间，跃进之风汹涌，为了解决掉束缚妇女的家庭厨房，大办公共食堂，头头儿宣布：所有妇女都要下田劳动，家中不许开伙了，查到哪家烟囱冒烟，就砸哪家锅灶，都到食堂用饭，家中的粮食必须全部交到食堂，查出来则全部没收，并以破坏"大跃进"论处。母亲交了一部分，留下两三百斤大米不交，心有城府的母亲认为，这种食堂怎么样难说，自己孩子多，留一点米，心里有底，可救急。那时的我，头脑简单，中邪发热，被头头儿的话吓坏了，害怕母亲留米会招祸，趁母亲不在家时，我把家中的米全部交到了食堂，自己一粒不剩，只拿了一张收据。母亲回来急了，说："这个收据能喂饱肚皮吗？！"但母亲觉得事出有因，事已至此，米也回不来了，没有再责备我，无奈地说："到你饿肚皮时就明白了。"在随后的日子里，母亲的话完全应验了。我做了一件既蠢又伤害了一家人的缺德事，直到现在，我还不能原谅自己。母亲总是顾念着一家人吃饭的大事，而我那时，竟那样一点不懂慈母之心，做此大蠢事前又为什么不和母亲通个气呢？

家无粒米，连母亲有六张嘴：老三读高三，我是老四读高一，大妹上初中，弟弟在小学，小妹才5岁，母亲本是小脚，不能成为有用的劳力，对人民公社没有贡献，一家人只吃不做，头头儿自然对你另眼相看。到食堂领食是按人头，虽是凭卡按量发放，给的饭总是不够吃，给的粥水多米少，一下肚不多时就没有了。五同胞都是长身体的时候，都说："没有吃饱。"可怜的母亲那个"愁"啊，真是从来没有过的。

有点关系，有壮劳力，有当家人的家在当时还有点争强的理由，而母亲和我们，无靠山、无劳力，又没有了"当家人"，说得不好听一点，谁都不会把你家的事当作一件事来对待。母亲深知这一切，也深知无处可诉，无处可求，苦苦地挨着。

急风暴雨式的农村运动，从农业生产合作社、高级农业生产合作社，到快步成立人民公社，三年就完成了。属于农家的自耕土地全归集体管理，母亲无须为管理田地操劳了，却因桃园兼菜地的旱地都交公了，自己没有了可以使用的土地，原来一年四季供应全家一日三餐的菜蔬没有了来源，陈年的咸菜也渐渐吃光了，饱饭尚且难求，何来什么菜？无菜吃饭，酱油汤下饭，经常如此。

母亲在当时居所的东侧过道内，费尽心思，不知从何处搬来了一个没有烟囱的泥做的坏土灶，经过仔细修理，放上铁锅，下面用任何可燃之物做燃料，就可以煮吃的了。母亲跨上竹篮，拿着镰刀，走上了田野，寻找一切可以充饥之物：荠菜、野菜、野芹菜、金花菜、胡萝卜以及灌木小树上长的野果、嫩叶，都成了篮中之物。回家拣好洗净，用哥哥、大姐节约寄回家的粮票买了些便宜的碎米或面粉，做成一大锅菜粥或面糊，给同胞们充饥。那时能饱餐一顿就很满意了，觉得出自母亲之手的东西没有不能吃的，都很好吃。母亲看着儿女个个狼吞虎咽，沉思着一言不发，脸上带着苦涩无奈的笑意。至今，我一直不能忘记那个土灶，是那个土灶帮了母亲的大忙，让许许多多有名或者无名的叶类、草类、根类植物变成了能食之物。食物进而装入了一家人的肚子，拯救了一家人，不致饿坏饿病。

这年春节前，食堂杀羊，每家可得一小碗羊肉。母亲连看也不看，指定让我一个人吃了，至今难忘。

太过荒悖的举措总是经受不了时间的检验，不到一年，令我们搬家而搞的共产主义工程终止了，只留下了两座烧砖的土窑。当初，收缴了农民大量木柴，又砍伐了不少农村树木用来烧砖，从土烟囱冒出的滚滚浓烟弥漫在清纯的田野上空，无大风就很难散去。现在还留下了两个不足 3 米高的巨大土堆，长满了荒草的坡上种上了茶树。这就是"大跃进"的人民公社留给家乡父老的"遗产"，留给我的难以抹去的印象。

母亲为此感到高兴，我们一家终于可以搬回本属于自己的居所了。好在搬走不到一年，原居虽然住过人，但整个旧居没有遭到拆卸和改动，基本完好。母亲请泥水匠粉刷了楼房的内墙后，真是焕然一新。我将前面老屋阁楼拆去两块板的空缺补好，家居就恢复了原来的模样。1960 年夏，11 户人家都高高兴兴地搬了回来，重新开始了已经习惯了的居住地生活。

于此同时，食堂解散了，给每个农户分了"自留地"，可以自种蔬菜了。在家中，也可以自喂鸡鸭，甚至可以饲羊养猪了。

那时农村的供应，粮食凭粮票，品种单调，有什么供什么。农村人口没有食油供应，城市有肉票鱼票豆制品票等，至少还能吃到一点。而在长期自种自养自用自食成习惯的农村，是没有这些的。农作物的生长、家畜家禽的饲养都要有一个过程。1960年，这个过程还没有到来。我们虽然为搬回原居而欣慰，但却必须承受由"人祸"带来的生活困难。

没有可供应的副食品，很少见到的一点鱼肉。即使有也贵得出奇，令人望而却步。粮食定量现在看来应当足够，但当时因为没有油水，食品种类稀少，我时年 18 岁，长得又瘦又小，胃口尤大，总是感到吃不饱，定量不够吃。母亲看在眼里，疼在心里，又无能为力。一次不知从哪里弄来了两斤胡萝卜缨子，煮熟了，切碎，加点盐，装了一个小瓦罐，让我带往学校充饥；又一次，给了一小瓶约 100 毫升的煮熟豆油，让我给肚皮加点油水。现在看来这是说不出口，也不值得一提的俗事，却一直在我脑中无法抹去。

每当星期日我从学校回家，总要到自留地帮母亲干农活，精耕细作，希望种的蔬菜有好收成。

秋冬之季，母亲常跨篮在田野上转悠，采集野菜和可食之草，有时还带着我们一起干。有一种灰白色的无名小草像是小小的棉朵，母亲叫它"棉朵草"，特别有生命力。夏天长的不能吃。冬天长在田埂两侧、堤旁、河岸，娇小不起眼，采其嫩头，集少成多，洗净和米粉或面粉一起做成圆饼，与粥同煮，也可贴在铁锅四周与粥饭同煮，清香美味。母亲说，别人不弄这个，因费时又麻烦。

夏秋之间，母亲手持镰刀，在荒坟、河边、田侧割茅草、灌木、藤蔓，背回家晒在场上，干燥后便当作柴草，用来烧饭做菜。

自留地周边凡可利用的边角土地，母亲尽量开垦，每一寸都充分利用，种上适合生长的豆类和蔬菜。小小的自留地，成了家庭不可缺少的宝地，成为了母亲菜篮子的寄托。

1961 年夏，我考上了大学，困难的生活还未过去，离家前，母亲将自留地种山芋处间种的芝麻挑已老的采下，在石臼内捣碎，在我离家那天，与面粉一起做成两个约半斤重的饼，特别送给我，也不说话，我明白，母亲囊中羞涩，意为饯行。这份爱意真情，没齿不忘。在以后半个多世纪的人生中，送往迎来，数不清吃了多少次名牌蛋糕和高级糕饼，我都记不起来，而这两块既无油也无糖，黑乎乎黏乎乎，又有点苦涩变味的土饼，却是无可抗拒地常常浮现于脑海，意犹未尽，体验无穷。

母亲和我们同胞同时面对人生中不能避免的这些思想困惑

和生活苦难，我和同胞觉得不可理解，心中愤愤不平，常有怨言和牢骚。母亲深知自己的责任，埋怨与现实毫无用处，一言不发，千方百计，尽心尽力，能让我们多吃一些能下肚的东西，让我们能够正常成长，完成学业，而母亲自己，常常把有营养的留给儿女，自己少吃甚至不吃，儿女吃不饱，母亲更舍不得吃，要省下来给儿女吃，原来100多斤壮实的身体，瘦成80斤。母亲不到50岁，却状如七十老妪，这几年的折腾，让母亲头发转成花白，满脸疲惫，一片憔悴。手脚虽还灵巧，却已呈现老态了。在她心里，儿女就是一切，唯独没有自己。

九 面对儿女的不同

母亲如一只大鸟，展开坚强的巨大翅膀，庇护、关爱、教化着所有儿女。我们在母亲的羽翼下都得到了滋润，正常成长、求学，直至走上工作岗位。我们自己的翅膀硬了会飞，恋爱成婚，育儿养女了，母亲的翅膀仍没有收起来得到休息，以她无比仁慈宽厚的胸怀，仍然为儿女们操劳，关怀照顾着她的众多孙辈，直至老年，真是"春蚕到死丝方尽，蜡炬成灰泪始干"。

八个儿女出生于不同年月，有不同的学历，不同的专业特长，不同的工作，在不同的地方生活，更还在不同的时间结婚为母亲增添了外孙女、孙女、孙子、外孙。母亲面对这一切不同，都以同一种胸怀，用一样的关爱对待。

为了说明这些，汇集了母亲的八个儿女同胞的有关简况：

大姐：1933年生，1954年初中毕业参军，1957年工作，1961年结婚，1962年育长女，1967年育次女。

哥哥：1936年生，1953年初中毕业参军，1958年转业工作，1965年结婚，1966年生长女，1969年生次女。

二姐：1939 年生，1963 年大学毕业工作，1967 年结婚，1968
年育女，1971 年育子。

我：1942 年生，1964 年大学毕业工作，1969 年结婚，1970
年生长子，1974 年生次子。

大妹：1945 年生，1966 年高中毕业务农，1973 年结婚，1974
年育女，1980 年大学毕业工作。

二妹：1948 年生，1963 年初中毕业务农，1968 年结婚，1969
年育长子，1971 年育次子。

弟弟：1951 年生，1966 年初中毕业务农，1974 年结婚，1975
年生子，1978 年生女。

小妹：1954 年生，1969 年初中毕业务农，1979 年结婚，1980
年育女。

二妹因 3 岁送其养父母抚养，求学、成婚、育子等，母亲无
须尽力。除二妹外，七同胞都得到母亲力尽所能的关怀爱护。

结婚是人生大事，更是母亲操劳费心的大事。大姐 1961 年
成婚，小妹 1979 年成婚，七同胞在 18 年中，每隔少则一年，多
则五年在母亲手中就要办一桩婚事。母亲充分与儿女商量，根据
各人工作生活的具体情况，根据风俗习惯，中肯分析，力尽所能，
实际地因时因地恰如其分处理，都得到圆满解决，没有一个同胞
对母亲办婚事留下成见。

大姐 1961 年结婚正是困难时期，物资奇缺，供应很差，大
姐与大姐夫都是部队军人，又分居两地，大姐没提任何要求，母

亲数年前原为她专门定制的一套园作家庭用具有十几件，她一件也不要。当时老二在北京工作，老三在南京上大学，没回来相聚。我读高三，只星期天回家相聚。大姐俩在家只住两三天，也没有什么好的招待，就算完婚了。后来这十几件园作用具分别送给了大妹、弟弟和小妹作结婚用品。

哥哥、二姐和我分别在1965年、1967年、1969年结婚，都学大姐，也没有提任何要求，又正值"四清"和"文革"运动，同胞也难相聚一起，各自坚守岗位，自觉自愿，因陋就简，在家住两天，以最简单最省钱的方式完婚了。婚后，哥嫂回北京工作，二姐俩，我俩各回自己单位工作，仍是分居两地。记得母亲在我完婚离家时送给我的唯一纪念是我夫妻俩在家住时用的一条床单和一条薄被子。

大妹在1973年，弟弟在1974年结婚，正值"文革"动乱，今天要批这，明天要斗那，人心不稳，大妹高中毕业七年未能升学，作为村姑已老大不小了，也没有真正的好心情，同胞未相聚，我也没有参加婚礼。1974年弟弟结婚，因我的妻子重病卧床，家事冗繁，脱不开身，也没有参加婚礼，同胞也未相聚。后来知道，大妹的事主要是由大妹夫家主办的。弟弟的婚房就在父亲建楼房的楼下南部，由母亲主持婚事，由弟弟自做了婚床和一些家具，宴请了几桌人，就完事了。

1979年小妹完婚时已26岁，在农村是很晚婚的了。时值"十年浩劫"已结束三年，市场供应已转好，又是66岁母亲最小的孩子办终身大事，母亲只能循农村习俗，尽其能力，除小妹自办的婚衣、床上用品外，母亲补办了一点并不丰盛的简单嫁妆，当然，比她的几个姐姐是好多了。我参加了婚礼，随送嫁妆的船一起到小妹夫家赴宴，按农村方式办了十多桌，这是七同胞中最隆重的了。

我们同胞七人自小接受母亲关于"格物、致知、诚意、正心、修身、齐家"伦理的严格教化，明白"做人就是立德"，"路要自己走，财靠自己挣"，"用自己的心安，拿别人的嘴短"的朴实道理，都觉得母亲为我们操办简单的婚事也不容易，已是尽心尽力了，是因时因地因人制宜的，别无挑剔，虽然各不相同，有点差别，有些厚薄，都明白这是正常的，难免的。三妯娌之间，四姐妹之间，妯娌和姐妹之间，兄弟之间，兄弟和姐妹之间，从来没有形成成见，更没有争执，也从没有哪个在母亲面前说三道四，议长论短，更没有攀比计较，嫌少争多。这给了母亲巨大的慰藉，她不止一次地说过："我一个不识字的农村女人家，男人死得早，我只是简简单单办了所有儿女的婚事，这么多儿女待我都好，媳妇也好，女婿也都好！"

儿女辈的事，也许应该结束了。母亲在操办最小孩子婚事时，最大孩子的女儿、母亲的第一个外孙女已经 18 岁了，而操办最大孩子婚事与最小孩子婚事的时间也是整整相距 18 年。可见母亲关爱每一个孩子，同时也关爱着每一个孩子的孩子。母亲为每一个孩子而殚精竭虑，母亲为每一个孩子的孩子也做到了鞠躬尽瘁，如此用词，并无一点夸张之意。

1962 年，母亲的第一个外孙女赵长虹来到人间，由于大姐俩都在部队工作，且分居相距千里的两地，无法喂养自带孩子，求助于母亲，母亲通过其胞妹在雪堰桥农村找到了合适的奶妈，孩子直接是奶妈喂养带领，但母亲也不忘去看望关心，约至 1周岁，长虹由其奶奶带回上海，在奶奶、姑妈的关爱下成长。

　　1966 年，母亲的第一个孙女钱红来到人间，断奶之后，因哥嫂俩双职工，家中无老人亲属可托，求助于母亲，母亲义不容辞，于 1967 年冬到北京照看大孙女，1968 年带回无锡，陪伴大孙女多年。

　　1967 年，母亲的第二个外孙女长缨降生，大姐俩仍是无法自带，还是求助母亲，母亲还是通过胞妹在雪堰桥农村找了另一位合适的奶妈，1 周岁后，让母亲带养。此时，在上海的大外孙女已经 6 岁，其父母及家人希望能早进小学读书，但上海规定要到 8 岁才行，无奈中求助母亲，由于乡下小学入学年龄不限得那么严格，希望到新涝小学早读一年级，母亲一口应承下来，由此，在母亲身边同时出现了三个孙辈：大外孙女长虹读小学，大孙女钱红 3 岁，二外孙女长缨 2 岁，都由母亲带领，妹妹也帮着照应。村民们笑言母亲是托儿所长兼幼儿园长。1969 年 5 月，留下了母亲和三个孙辈在一起的小照。

　　钱红随在母亲身边时间早，有了感情，"奶奶"声声不断，现在来了长缨，比钱红小一点，应是姑舅表姐妹，由于长缨年幼，当外婆的当然有时会多给一点关爱，"姥姥"声也不断，叫"姥姥"的挨着要抱，叫"奶奶"的也会跑过来争着要抱，一个是手心肉，一个是手背肉，不可能两个同时一起抱吧，也是抱不动啊！给吃的也总有先有后。两个幼小的女孩，都会争宠夺爱，竞相撒娇，竟会又哭又闹，相互争吵。既当"奶奶"又当"姥姥"的母亲又疼又爱，既好笑又好玩，成为趣谈。现在还留有母亲当时一手一个怀抱小姑舅姐妹的小照。母亲是够忙碌的。后来，长缨可以进幼儿园了，回到了上海她的奶奶家。

1968年，二姐在湖南常德生下女儿陶陵，孤零一人带孩子又要上班，实在顾不过来，求助母亲，能否请时年14岁的小妹来身边帮助，母亲顾及各方，虽然自己带着大孙女和大外孙女两个孩子，还是安排小妹到二姐身边帮带孩子和做家务。后来还随二姐调动去了北京，帮带二姐的儿子陶伟。

1970年，我的长子钱钢在上海降生，因我在徐州工作，分居两地，钱钢1周岁后，与母亲商量让她帮带。因是母亲的第一个大孙子，尽管此时母亲带领着二孙女钱涛，她还是非常高兴地一口应承下来。由此，我的长子钱钢也由母亲带领，让我夫妻能在两地安心工作。

1974年，我的次子钱锋在上海降生，妻子在孩子生前已得病，生下孩子后，重病高烧不退，无法哺乳孩子，我走投无路，只有求助母亲，母亲千思万虑，这总是自己的第二个孙子啊，一定要照顾好。母亲与自己的堂侄媳妇商量，因正值她在哺乳期，请求她哺乳这第二个孙子。我匆忙赶回老家，带着她来上海喂养我的第二个孩子，第二天送回老家，拜托母亲关心，我才能全心照顾卧床重病的妻子。妻子病了一年多，才逐渐恢复出院。

　　钱锋在奶妈家喂养，妻子长病假又住院，经济十分拮据，大姐关爱我，奶妈的费用都是大姐帮助出的。由于奶妈这次已是产后喂养第三个孩子了，可能奶水不足，钱锋哭声又大，因与奶妈是邻居，上部相通不隔音的墙常常会把钱锋的哭声传到当"奶奶"的母亲耳朵里，母亲常过去看望，采用新米煮粥，取上面的浓汤喂养作为补充，这样喂养，倒也可以，不到1周岁，钱锋就由母亲带养了。钱锋跟奶奶生活，虽在乡下，没有牛奶之类的好东西吃，穿着也是十分将就马虎，但长得圆圆滚滚，倒很壮实。跟着奶奶一起下自留地，架子上长的黄瓜，地里的胡萝卜一到手，只在衣服上擦一下，就往嘴里送，吃了也从没有事。钱锋好动，成天不停，屋前河边是他常去的地方，喜欢在河滩玩，捡贝壳，挑石子，往河中扔瓦片，玩水，换上干净衣服半天就脏了，老在泥地上踢爬，跑上跳下，往口袋中装螺壳、蚌片、小瓶子、花石子等玩物，岸边有些斜坡，简直成了他的滑梯，一次在五六十度的岸坡上往下滑，一下子冲到水边，可把母亲吓坏了，赶快下去一把拉住，又疼又骂，可孩子表现如没事一般，斥责他也无所谓，可把母亲气急了，打了几下屁股，他也不吭声。在母亲所带的多个孙辈中，钱锋也许是最顽皮的一个了。由于妻子身体不好，又带着长子钱钢，钱锋到3岁多才回到妻子身边。在由母亲照料的三年中，给母亲带来了说不尽的担心，无数的劳累，甚至惊吓。

母亲却从不主动提起，有时我俩提到，她总是轻描淡写地说："是自己的孙子，应该的，没啥的！"

1975年，弟弟的儿子降生，1978年女儿降生，由于是与母亲住在一起，虽然主要是由弟媳养育，也得到母亲的照应关爱。

大妹和小妹的女儿分别在1974年和1980年来到世间，由于居住地不同，主要是大妹、小妹自带的。母亲在过年分压岁钱时，不论孙子、孙女还是外孙、外孙女，凡顾及到的，虽然不多，只是意思，都一视同仁，不分彼此，没有高下。

二妹在3岁时成了养父母的女儿，我们同胞之间，骨肉之情，血浓于水。养父母无生育，仅有二妹一个孩子，对二妹十分关怀爱护，开始时担心，交往得多了二妹会跑到生母处来，作为二妹的兄姐的我们都去探望过，反而做他们的工作，让二妹的养父母宽心，教导二妹要与养父母亲热，珍惜比生母家好得多的生活条件，敬重养父母。母亲亦很坦然，认为已经是人家的孩子了，好好的，还多想什么，从不打扰。二妹也很懂事，也很争气，与养父母关系十分融洽，读书功课也很好。初中毕业后，在20岁时，养父母早早地为她招了上门女婿，忠厚朴实的同村复员军人。二妹在1969年和1971年给养父母生育了两个大胖孙子，给了养父母最大的慰藉，祖孙三代，其乐融融。直到此时，母亲才叨念着这个女儿，二妹也不再有顾虑，亲亲热热地叫母亲为"妈"，同胞八人，情同手足。每逢母亲有事或过年、节日都通知二妹，二妹都到，还常常带着两个儿子，兄弟姐妹亲热称呼，毫无异样。母亲对待二妹及其两个儿子，同所有其他儿女及后代完全一样，没有任何区别，二妹也深受感动。二妹看到所有兄姐（老大至老五）都有大学文化水平，都有体面的工作，有所感悟地说，如果我在亲妈家，只要吃饭台上多放一副碗筷，也能过下去，虽然生活苦一点，和这么多阿哥阿姐在一起，我也会努力读上大学，在城市有好的工作，不会这么早结婚，也不会让两个儿子和我一样，终老也是当农民了。我们都劝慰她，这是历史和那个时代的事，说谁的责任都没有意义，养父母也很好，你也很努力，也很棒，一直是农村干部，两个儿子也有出息，工作能干，生活也很安定。二妹在乡政府计划生育办公室主任的位置上退休，也有一份准公务员的待遇了。

母亲从村姑到妻子、母亲，又到成为姥姥、奶奶，半个多世纪中，充满着劳碌、操心，没有一天真正的闲暇，她有难以言尽的心情，有无法表达的言语。当最小的女儿年逾三十，最小的孙辈也已 4 岁了，自己也年逾七旬，古稀之年，她回顾自己这八个儿女，十四个孙辈，有无法言尽的感叹，朴实无华地对我说，我没有文化，也从不与人争强，我只是一个农村人，这么多儿女，包括 3 岁就送给别人的亚烈（即二妹），各有不同，但个个比我强，比我能干，有出息，我对儿女都一样对待，我到你们父亲那里去，也可以交代得过去了。对待孙辈，从大到小，身边从没断过，少时一两个，多时三四个，我也记不清了，也都是一样的心，一样的对待，也算尽到责任，尽到力了。

母亲就是这样地总结了面对不同的儿女们所做的一切。

十 至真至爱，品格永存

　　在与父母的朝夕相处中，我从来没有听到父母的高谈阔论，也从来没有听到父母有什么崇高理想，有什么伟大志向。父母之所言即是所行，所行即是所言。一辈子在乡野农村，淳厚、朴实、真诚、慈爱，父母视之为做人的本分。过好每一年、每一月、每一天，养儿育女，引导儿女走上耕读勤俭之道，父母视之为自己的天职。父母都悄悄地来到人世，又悄悄地离开人世，没有惊动这个世界，更没有影响这个世界。如蓝天中的一朵白云，毫无声息地出现，又毫无声息的飘散无形。父母卑微的一生，除了我和同胞们，还有至近的相关亲友和乡亲记得，再也没有人知道。除了在钱氏宗谱中留有父母的姓名，除了父母的墓碑，世界上也许再也没有给父母留下什么印记之处了。我觉得，平凡的人、普通的人，如沧海一粟，似大河一沙，也许都应该如此。但是，我的父母留给我的印记，却让我心魄惊动，难以忘怀。

　　父亲离世58年多了，每当我怀念父亲，每当我静默在父亲的安息处，父亲病重卧床不起，我打开自己的成绩报告单，父亲看后失声恸哭，消瘦灰黑的脸上满是泪珠的情景，就会立即呈现眼前，我常常难以自制，无言地感动。那时，懵懂少年的我，傻傻呆呆地一句话也不会说……58年过去了，此情此景没有忘记，今生今世也不会忘记了。也许，父亲看到报告单上的数字和评语，被感动了；也许，感到这样成绩的孩子应该有好的前途和出息，而自己却看不到了；也许，自己正值壮年却一病难起，孩子的母亲或许没有这个胆识和能力让孩子继续求学；也许，因为自己的求生不得，影响了所有的孩子，连温饱都成问题，所有孩子的求学之路因之堵塞；也许，自己无奈抛下的孤儿寡母会受人歧视，甚至欺凌；也许，这个家因为自己的离去会崩溃，母子、母女会各奔东西，寻找新的人身依靠，甚至乞讨生存；也许，自己真不应该生养这么多孩子，让他们因自己而受苦；也许，觉得老天对自己太过严厉，为什么得此难治之症；也许，求老天仁慈一点，让自己再活20年，把儿女家事处理好再死，甚至恶死都愿意，可无处可求啊；也许，是自己前世作了什么孽，今生壮年就得此报应，自己愿真心忏悔改正，可不知是什么孽，忏悔改正又从何做起，不知道啊；也许，自己生于人世，就是要遭此折磨，可为什么要连累妻子，连累这么多这么好的孩子受苦；也许，今生如此勤奋努力，又如此眷恋儿女妻子，老天会网开一面，可为什么没有啊！……父亲什么也没有说，难言之言都在无言的悲恸和泪水之中啊！我在父亲墓前，常常静默良久，告慰父亲，您的感动、眷恋、担忧和痛苦、无奈，儿子都能理解，也都明白，您的所有儿女也都懂，您九泉有知，看到儿女们的今天，都没有辜负您的心愿，您应该欣慰。

在同胞们相聚共同庆贺母亲七十寿诞时，母亲特别高兴，神清气爽，看到膝下这么多的儿子、媳妇，女儿、女婿，还有孙子、孙女，外孙、外孙女，济济一堂，热闹非凡，小辈的名字都一下子叫不起来，会搞错。也许以前几十年含辛茹苦，盼望的就是这一天，是如此真正的，至高无上的天伦之乐，人生之乐。

寿庆之期，在一个阳光明媚，微风轻拂，不冷不热的上午，我和兄弟姐妹陪同母亲参观七同胞的共同初中母校——安阳中学。母亲在众儿女簇拥下，心中特别畅快，兴致极高，提出要上中学门前约 40 米高的狮子山顶，我担心母亲年岁大，又因少年包小脚之害，脚趾于登山会压痛而有困难，担心地问："行吗？"母亲说："我多少年没有上这个山顶了，现在这么多儿女陪我，行！"于是，大家左右相拥，前拉后托，和母亲一起顺利登上了山顶的平台。母亲十分开心，向北俯视新淡桥全镇，仔细地观察自己的家宅，环视四周，问这问那，我们一一作答。母亲感慨万分，却说不出话来，她双眼蓄含泪水，久久不愿离开山顶，也许她想到，这可能是最后一次来此山顶了。可以想象，她心中有多少难以言表的感受……

在后来的家谈中，母亲说了许多，大意是：一个人一定要求学，要多读书，多学知识，才有好的出息，凭本事做工作，凭能力挣钱，才是正道，才能受人尊重。像我未进学堂就无知无识，给一生带来多少困难和不便。你们的父亲当时仅小学毕业，加上自己领悟和努力，又学得一门好手艺，就比同龄人强了许多，我们一家人的日子，也过得安稳，还养了这么多儿女。你们都是在安阳中学初中毕业的，比父亲已经多读了三年书，又上了高中、大学，毕业了，工作了，还进了城，本事也有了，还应当谨慎谦虚，努力自强，学父亲"凡做事必认真"的精神品格，好中求好，多掌握点真本事，永不停步，把工作做得好上加好，人家才看得起你，才有可靠的立足之地。母亲又十分欣慰地多次提到：八个儿女都有文化，工作能干有出息，我这一生辛苦很值得，无怨无悔，今生不论什么时候闭眼离世，都瞑目了。母亲用她一生做普通农妇的体验，做平凡母亲的感悟，说出这些，言之凿凿，淳朴无华，理之所在，千真万确啊！

1985 年，母亲因血压偏高，脑动脉有时不畅，有轻度中风，腿有不便之现象，曾在小妹家休养，未有明显好转。哥哥和从医的大姐、二姐都安家在北京，决定将母亲接往北京治疗休养，由大姐亲自去新溇桥，接母亲到上海再转乘卧铺去北京。在上海，母亲看望了我们一家，并住了两个晚上，给我留下了难忘的感动，永远的记忆。

母亲了解自己的病，是个十分明白的人，老年已至，生命之火焰渐弱，不可逆转。母亲认为，儿女都已成家并有了自己的儿女，最小的孙辈也已 6 岁了，自己都做到了尽力而为。现已过古稀，人生的使命接近尾声，静下心来，处理完自己的事，就可以放心走了。母亲不愿意多牵涉儿女的精力和时间，她虽和弟弟一家住同一屋檐下，使用物品上也是分得清楚，凡可以自己处理的，都做了处理。这次来上海，给我带来了一条半新的床单，我说："我们有，妈自己用吧！"母亲却说："我已这把年纪，用不着了，还是留给你们。"后来听妹妹说，母亲把身后丧仪上要用的白布都准备好了，说不让儿女多操心。母亲还硬塞给我200元钱，说："你一家四人住阁楼，夏天太热，买台电风扇吧！"母亲平日言语不多，却处处关注着儿女的生活，由于上海住房普遍紧张，两年前我自无锡调进上海工作，一家团聚，已不容易，一时住房难以解决，只能自己设法把妻儿原栖身的阁楼从10平方米加大到18平方米，能放下两张大床睡觉休息就行了。阁楼低矮，没有老虎窗，采光通风都不好，夏天较闷热，母亲都注意到了，这次也看到了，又看到两个孙子在初中三年级、小学四年级读书，是长身体的时候，我的经济不宽裕，所以拿出自己积攒的钱给我，母亲没有退休金，手头上有一点钱，其实都是在外面工作的儿女给她的，所以我不肯收。母亲生气了，说："这个钱，本来也是你们给的，我到北京，会得到很好的照顾，也用不到钱了，以后，你们家我也许来不成了，就算是给两个孙子的，做奶奶的总可以吧！"母亲的真诚之心，淳朴之言，我在这大爱之中，顿时语塞，难言以对，真正是大爱无言啊！

我和妻子都得上班，适逢周末，只能让两个儿子多陪伴奶奶，晚上，妻子给母亲擦身、洗脚，只尽了小小的一点孝道。

母亲离沪去京后，我遵母所嘱，去购电扇，作为纪念，要质量好的，当时还要凭票，友好的同事送给了我，购了一台变速摇头定时落地华生牌电扇，一直使用至今。这电扇发出的阵阵清风，我感觉是母亲的巨大温馨，让我体悟到母亲的大爱。

　　母亲在北京得到大姐、哥哥、二姐三家很好的照料，在大姐工作的医院做了详细全面的检查，得到了很好的治疗。由于在北京的孙辈们都读中学、大学了，三家生活安定祥和，母亲也心宽体胖起来了，这是母亲一生中真正得以闲暇和开心的日子。虽然衣食无忧，照顾周到，由于远离故乡，语言不同，除儿女孙辈外，没有一个熟人，更难以一个人出门。母亲感到说不出的冷清孤独，觉得还是生活习惯了的故土乡居好，空气好、阳光好，一出门有熟人，乡音絮絮不断，母亲又乐意为弟弟一家看门守户。一年后，母亲回到新渎桥，和弟弟一家生活。

　　岁月催人老，母亲的病情，难以逆转。一年后，大姐等又将母亲接到北京休养和治疗。这次，北京的大姐、哥哥和二姐三家一起决定为母亲在北京养老送终了。对母亲的饮食、居所和治疗都做了精心安排，饮食全面多样，营养充足，居所明亮通风，冬暖夏凉，医疗也很到位，还经常让孙女、外孙女、外孙陪伴母亲，虽然母亲已开始行走不便，语言有点不畅，这可是母亲晚年感到非常幸福的岁月。

　　天有不测风云，还是老天有意捉弄人。母亲从不足一尺高的软床上不慎跌落到木地板上，造成了大腿骨上部与骨盆结合部的骨折，住院治疗了一段时间，反复探讨商量，还是决定用钛合金关节置换已经无法恢复的摔坏的大腿骨上部球关节，虽然费用昂贵，还是希望母亲通过这样的手术能够站起来，过好晚年。在大姐等的精心安排下，手术进行顺利，母亲的痛苦得到缓解，处于缓慢恢复之中，出院后，继续在大姐、二姐家静养。

母亲毕竟年事已高，年轻时养育众多儿女，中年孀居，艰难度日，为众儿女的求学和生活，经受了许多难以言尽的磨难，随后又带养众孙辈许多年，辛劳忙碌，早已损害了健康。母亲是个明白人，她自知病情，知道再也站不起来了，加上语言日趋不畅，父亲的那个世界已经在呼唤她了。母亲提出要回新溇桥故居老家，理由是："我总不能死在外边，我回老家走了才心安！"老大、老二、老三轮流反复劝导，一起做工作，说："这里有最好的治疗和休养条件，什么也不用你操心，你会好起来的，回老家没有这样的治疗和生活条件，没有这样的生活质量，没有这样的照料。回去要多吃苦，在这里养老最适当。"母亲什么也不听，就是坚持要回老家。母亲话语不多，但她心里是非常清楚明白的，她认为自己的病已到如此，到父亲那边只是时日长短了。在北京拖累三家不得安宁，严重影响六个大人的工作和几个孙辈的读书，还多花钱，要影响和麻烦三家这么多人，于心不忍。回无锡老家只影响小儿子一家，且小儿媳是农妇，没有固定的上下班，可以管她的事，更因为她对小儿子的付出和给予更多，更该管她的事。至于生活质量、医疗条件和日常照料，在母亲看来，也许都是无所谓的了。苟延残喘的临终时日，活得长一点短一点，也没有意义了。母亲多年前就说过这样的话，我一生该做的都做了，也做完了，什么时候走都瞑目。母亲回老家的决心除叶落归根的思想传统外，主要出自尽量减少儿孙辈的麻烦。也许母亲想过，自己并不想在这世上多留时日，免得大家都遭罪；回老家让我再看一眼来北京后尚未见到的其他儿女和孙辈，与众邻里乡亲告个别，就完事了，马上就走，更好！

就这样，母亲在北京三家的精心安排和护理下，平安回到了新渎桥故居老家。由弟弟一家侍奉，弟弟的儿女正在初中、小学读书，家中清静。为便于照料，将母亲的床安置在楼下朝南房间的靠窗通风明亮处，在床的北侧加了一张大床，是弟弟俩的休息处，以便叫得应。我立即从上海专程送去了泡沫塑料做的柔软床垫，让母亲躺得稳妥一点。遵从大姐的安排，为减轻弟弟的负担，老大到老四都在每个月给弟弟做一些经济上的补偿。大妹、二妹、小妹则经常探望，与母亲说话……

母亲是一个心里十分明白的人，觉得对她这样的安排，所有儿女都尽心尽力了。她深知自己的晚年生活比父亲病重离世前的情景不知好了多少啊！母亲无悔无恨无怨无愧无贪无恋更无求。她的心到达了佛家涅槃的完美境界，面前所呈现的一切，她没有什么不满足的，一切都是随缘。她虽已失语，心中仍很明白，该说的要说的早已说过了，也不需要再说什么了，也没有什么可以交代的了。她没有什么留恋，更没有什么舍不下，她只是静静等待涅槃的到来。1991 年 4 月 23 日 18 时，母亲平静地到达了天国。同胞们都纷纷赶回老家，按当地民俗，隆重地送了母亲的最后一程。同胞全员相聚，在母亲的墓地合影。

父亲和母亲都远去了，在故乡许多熟悉和不熟悉的父老乡亲中，只要我或同胞返乡，总会让人无不感慨，引起议论，主旨只是一个："这一家人不简单！"常传入我的耳朵。心中不由自主地深思，现在的不简单是由过去几十年的不简单积累起来的，儿女的不简单首先是由于父母的不简单所造就的。在我的心中，却是非常明白，我和同胞、我们的父母，都谈不上是成功人士，更谈不上是社会精英，只是与当时当地的同龄人们相比，我们能够比较多地认识自己，不失机遇，又比较幸运。其实也简单。

父亲和母亲来自相距 20 里的农民家庭，都是世代农耕为生，父亲仅读完小学，母亲未上过学，婚前未见过面，更未握过手，说过话。我一直不解，是什么力量让父亲母亲有完全相同的儒学治家理念？又是什么力量让父亲母亲有如此相同的"人如其事，事如其人"的认真做人的品格，严格教化众儿女自尊自强，努力成才的坚韧精神？这真是一种缘分。

幼时，我的字写不好，特别是毛笔字，不堪入目，常遭到父亲的骂，常被撕了，罚重写。同胞也有此经历。论读的书，父亲只有 6 年，同胞中最少的 9 年，多的达 16 年；论字，毛笔字没有哪个同胞能达到父亲的那个水平，钢笔字，父亲也能写得正规，儿女们各有千秋，但都说不上有怎么好了。父亲带领儿女种地做工，常做示范，达不到要求就罚返工，有时甚至逼着你做好了才准许回家吃饭，他说："种地做工都是学问，必须认真学好，把心放在上面，亏待禾苗，亏待田地，就是亏待自己，亏待良心，地种的好坏就是做人的好坏。"还说，让你读书，就是要你明理，懂得人生的道理，读书要动脑筋才能把书读好，死读书就是书呆子，仍是没有出息。

母亲带领女儿做女红，要求一样严，她对四个女儿都这样说过，女孩子 10 岁开始就要拿针线了，还要学编结，不会针线的女孩没人要，不会有人喜欢；女孩一定要会自己弄吃的，总不见得将来男人来烧给你吃吧！女同胞都能按母亲的要求做女红，针线如不符合母亲要求，严令拆了重新再来也是常有的。论做中装，论做手工针线，没有哪一个女儿能达到母亲那个水平，因为女儿们都有缝纫机，机缝代替了手缝，又是西装淘汰了中装。我的妻子讲了这样一件真事。生第二个儿子前给孩子缝制小棉衣，因身体不好，精力不济，手工缝的针脚又稀又不均匀，大姐见了，提出拆了重缝，不能这样马马虎虎，妻子只能抱病返工。这就是母亲带教形成的品格，认为一切事一切工作，不能做好就别做，要做就必须认真做，实在做不好也必须有个正当理由，不允许文过饰非。这种理念深深灌输在所有同胞的生活和工作中，都认为：认真做人，才能受人敬重，得到好的工作位置，得到问心无愧的酬劳。

我有这样两次难以忘怀的经历。1982 年我从江苏省公安司法系统调进了上海市企业工作，很不容易地解决了夫妻分居，三年后，原单位厂长、政委亲自到我上海家中，希望我回原单位，担起某项工作，妻子也可随带，居所三房一厅立即解决，囿于我在上海住房上的局促困难，又想避开妻子家中的窝囊和矛盾，我心动了，想吃回头草，档案都调了，后因两个儿子户口要随动而未成行。2005年，我已65岁，退休后受聘于另一企业，工作多年后已经二次退休了，两年后，这家企业的董事长、厂长数次请我"出山"，去负责某工作，我因要帮助子媳带孙女和照顾老妻病体，婉拒了。这两件没成行的事，单位皆知，让人议论，我成了一个难得的"老法师"。其实，扪心自问，并非我能力超凡，智慧非常，也无什么绝技，只是在与同事类似的工作中，我能做到"干一行，专一行，精一行"，多花费了一点脑筋，更是我有"工作认真"这一点精神品格，让人敬重和信任，成就了我。而这种品格并非是我与生俱来的，完全是父母带领教化和严格要求所养成的，我只能感恩于父母，不能沾沾自喜，这仅仅是我受父母教化而能认真做人的收获，也让我深刻感悟到：品格就是做人，品格就是人品，品格就是人格。

父母给予我和同胞的教化，贯穿在日常平凡的生活和劳动中，是说理的、实际的。母亲与我们相处的日子更长，以她自身的体验、认知和感悟，推心置腹地与我们交流，让我们一生得益匪浅，包括前面文章中提到的，我称之为母亲的哲言戒语，还有如：

话多不如话少，话少不如话好，话好不如做好。（行重于言）

你九分面情待我，我用十分面情还你。别人给我八寸，我要还人一尺。（受恩莫忘）

儿媳妇应比女儿还要看重，女婿是堂前的娇客。（待小辈之道）

不与劳人加担，不与饥人争饭。（同情劳苦之人）

脸歪莫怪镜子。（要有自知之明）

休说别人长短，自家背后有眼。（对人恕，责己严）

恶语伤人恨难消。（恶言生恶果）

穿破三条裙，也不知道丈夫的心。（为妻之道，要有悟性）

娘有爷有勿及自有，哥有嫂有好比沿门求求。（自力自强，不依赖父母兄嫂）

凡事从米囤口上省起，过日子一定要细水长流。（富足不忘节俭）

晴带雨伞，饱带饥粮。（未雨绸缪）

父母的人生是最有给予能力的人生，也是最能奉献的人生，把毕生的精力和时间全部给予和奉献给了田地，给了木业工匠事业，给了女红，给了所有儿女，给了儿女的儿女。父母从来不谈论吃喝穿戴，从不取乐游玩，没有烟酒等嗜好，淡然一生，纯洁无瑕，干干净净，清清楚楚，是最好的人生。

我曾经想过，用什么尺度来衡量农夫父亲和村妇母亲，父亲忙碌辛劳而短暂的人生，燃尽了自己，全部给予社会，奉献给家庭儿女，其创造的价值，难道可以用相当于多少个种田农夫和木业工匠来衡量吗？母亲为家庭儿女，儿女的儿女默默无闻地辛勤一生，同样燃尽了自己，难道可以用相当于若干个村妇来衡量吗？这是多么浅薄的无知啊！

2009 年末，在大姐的倡议和精心组织下，八同胞伉俪聚会于北京大姐家中，怀念追忆父母，畅谈骨肉之情。同胞中最小的老九已 55 岁也退休了，大家年事渐高，今后再要这样的聚会，就更不容易了。除老九外，同胞们都已三代同堂，是爷爷、奶奶、姥姥、姥爷这一级的人物了。感言自然流出，并留影纪念。我作小文《八同胞京聚感》一篇，赠各同胞。今稍作删改如下。谨为农夫父亲、村妇母亲人生品格之小结，谨为百年父母之诞的缅怀及感恩。

全体同胞在祥和、吉利、欢乐中相聚，让我们深深怀念远去的双亲，追忆父母给予我们所奉献的一切。

父亲一生，平凡辉煌，少年求学，聪慧优秀，青年学艺，刻苦勤奋，成为巧匠，艺技超群。在婚后 22 年中，养育了我们八同胞，殚精竭虑，日以继夜，克勤克俭，自建楼舍居

94

住，广为乡民修房建屋，成为木业工匠精英，担当重任，扩建安阳中学，造福乡亲子弟。以辛劳所得，购田买地，耕种稻麦，开辟桃园，精心管理，年年丰收，温饱有余，为我们的生活和成长奠定了物质基础。长年奔波，毕生精力，造福乡里，付之儿女，积劳成疾，悲怆难舍，回天乏力，英年早逝。我为少年丧父哀伤，心潮难平，悲从中来，深深叹息。

母亲一生，少年失学，村姑身世，知事明理，位卑高尚，胸襟博大，目光深远，坚韧不拔。把我们八同胞健康带到人间，日夜操劳，茹苦含辛。精于女红，善理家事，相夫教子，助夫育女，让所有同胞健康成长。特别是中年丧夫，承受打击，忍辱负重，担起全家重任，面对艰难困苦，忍耐坚强，锲而不舍，把我们引导上自尊、自强、自立奋斗的求学上进大道，才有我们体面的工作和安定的生活。母亲慈爱豁达，为了儿女的儿女，不避烦苦，精心尽力，继续操劳，毫无怨言。及至晚年，虽为病所苦，却更心明意净，无悔无怨，无贪无求，顾念子孙，顾全大局，心中无己，进入了涅槃之完美境界。我常为母亲的坚强自信，不求享受，任劳任怨，无私奉献，至纯心灵的精神境界而震撼、折服，自感惭愧，自叹不如。

农夫木匠的父亲，村姑农妇的母亲，人生价值观相同，治家理念一致，格物致知，诚意正心，修身齐家，耕读勤俭，淳厚质朴，刚毅正直，坚韧善良，勤奋好学，精益求精，不避劳苦，大爱至真，品格高尚，一生奉献，鞠躬尽瘁，死而后已。在父母教化之下，同胞都走自强不息之路，工作努力，都有专业事业，立足之地。面对风浪，人间浩劫，物质匮乏，病苦困顿，悲苦无奈，都能担当责任，面向未来，乐观生活。父母的精神品格造就了我们，成就了我们的今天。

父母教诲，潜移默化，同胞手足，互相照应，守望相助，长兄如父，大姐似母，真诚关爱幼弟弱妹，助母扶养，同胞困难，全力相帮，不求回报，豁达慷慨，慈爱博大，兄弟姐妹之间，一片至真亲情。

社会在变化中前进，面对物欲横流，金钱至上，道德滑坡，传统缺失，在缅怀前辈，教导后辈之际，我们应当承担历史责任，目光放远，有自知之明，前辈之珍贵遗产不应流失。父母教化，哲言戒语，做人之道，不应忘记；同胞亲人之间，眷顾友爱，永存温恤，受恩莫忘，施惠勿念。未雨绸缪，留有余地，一如既往，和谐共进。父母的可贵精神，高尚品格，代代相传，永世长存。愿我们的子孙都学业优秀，事业有成，兴旺发达，健康安乐。

让父母在天国欣慰，含笑凝视，得到永生。

让我们一起祝福长久安康，如意吉祥。

2012 年 10 月于上海长桥

品格

父亲（1913~1954）留下的唯一照片

母亲（摄于 1968 年）

母亲（1979 年摄于北京，
时年 66 岁）

1958 年 8 月，老大探亲与母亲、弟妹们的第一次合影

1961 年 4 月合影

1961 年 4 月父墓地留念

1964 年春节，母亲和七个儿女、第一个孙辈合影于家门前雪地

1968 年 1 月北京合影

1968 年 2 月天安门广场合影

1968 年 2 月，故居前的母亲

1968 年 3 月，母亲和我等在故居

1969 年 5 月，母亲与弟妹合影

1969 年 5 月，母亲抱二外孙女与大外孙女、大孙女在一起

1971年10月，母亲与次子（作者）、长孙（作者长子）三代人在故居北稻田

1985 年 8 月，在北京海军总医院，母亲和众儿女伉俪及孙辈们合影

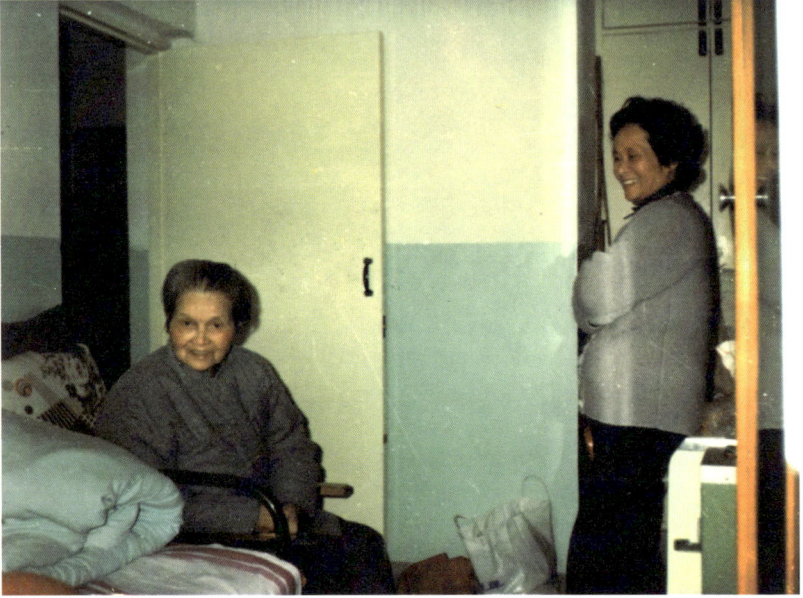

大姐在母亲的北京居室里

1986 年 11 月，故居前河边码头上的
母亲

1989 年晚年母亲在北京

1989 年母亲在北京与儿孙们一起就餐

1989 年母亲在北京与孙女等合影

1991 年 4 月 28 日祭拜母亲

送别母亲后，八儿女及孙辈留影

作者伉俪在家乡母校

作者年轻时

作者在设计室工作

1985 年 8 月作者伉俪和两子

作者伉俪和两子媳、两孙女

作者伉俪和长子、媳、大孙女

作者伉俪和次子、媳、小孙女

作者偕妻在桃园父墓

作者偕妻在桃园母墓

大姐参军后，给母亲的留念　哥哥参军后，给母亲的留念

作者伉俪 1977 年在北京与大姐、哥哥、二姐三家相聚留影

1991 年春回乡探望

母亲带养过的孙辈孩子

作者三兄弟、三妯娌

作者三兄弟和二妹、小妹

作者伉俪和哥哥伉俪

作者伉俪和二姐伉俪

作者伉俪与二姐、大妹伉俪及大姐的长女、女婿

作者伉俪与大妹伉俪

三兄弟相聚于北京大姐家

五姐妹相聚于北京大姐家

大姐伉俪与两个女儿及孙辈

二姐伉俪与子女及孙辈

伟大胜利

纪念中国人民抗日战争

世界反法西斯战争胜利60周年大型主题展

二姐伉俪与儿子全家

1996 年 4 月，作者与哥哥伉俪在二妹居所前合影

哥哥和两个女儿

1996 年，作者与祖传大橱

1996 年 4 月，作者伉俪在故居前河边小码头

2009 年 12 月，八同胞伉俪相聚北京大姐家

2009 年 12 月，八同胞合影